殲滅魔導の最強賢者
Senmetsumadou no Saikyokenja
無才の賢者、魔導を極め へ至る
著 進行諸島
ill. 風花風花

世界最強の高みを目指す魔法戦闘師
ガイアス
桁違いの力を誇る暗黒竜の少女
イリス

剣の修羅の異名を持つ異色の魔法戦闘師
ロイター
クールな王国最強魔法戦闘師
ユリル

ヒトの姿になるっていうと——
こんな感じですか？

いいから服を着ろ。
えっと…こうですね!!

死にたくなければ
守りを固めろ！
行くぞ!!
!?

!?
【メテオ・フォール】

CONTENTS

Senmetsumadou no Saikyokenja

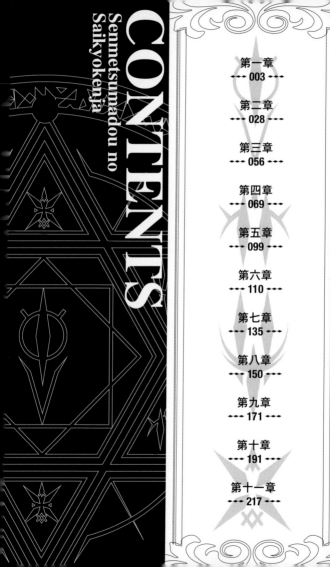

殲滅魔導の最強賢者

無才の賢者、魔導を極め最強へ至る

進行諸島

GA文庫

紋章辞典 Senmetsumadou no Saikyokenja

◆第一紋

初期状態で戦闘系魔法の使い手として最強の紋章。だが、成長率や成長限界が低く、鍛錬した他の紋章には遙か及ばず、8歳頃には他の紋章に追いつかれ、成人する頃には戦力外になってしまう。一方、生産系に特化したスキルを持ち、武具の生産や魔物を避ける魔法などに長けるため、サポート役としても重宝される。

第一紋を保有する主要キャラ：ガイアス

◆第二紋

威力特化型の紋章。初期こそ特筆すべき点がないが、鍛錬すると魔法の威力が際限なく上がり、非常に高火力の魔法が放てるようになる。一方、威力は高いが連射能力はあまり上昇しない。弓などに魔法を乗せて撃つことで、貫通力や威力のさらなる向上が可能。他の紋章でも同じことは可能だが、第二紋には遠く及ばない。

第二紋を保有する主要キャラ：ユリル

◆第三紋

連射特化型の紋章。初期状態では低威力の魔法しか放てないが、鍛えることで魔法の威力と連射能力が上がり、絶え間ない攻撃によって敵を制圧することができる。限られた魔力を狭い範囲に集中させることができるため、持久戦などにおいても凄まじい力を発揮する。

第三紋を保有する主要キャラ：ー

◆第四紋

近距離特化型の紋章。魔法の作用範囲が極めて狭いため、遠距離では戦えないが、近距離戦では第二紋の威力と第三紋の連射性能、魔法発動の速さを兼ね備えた最高戦力となる。扱いが難しい紋章ではあるものの、使いこなすことさえできれば最強の紋章だと言われている。

第四紋を保有する主要キャラ：ロイター

Senmetsumadou no Saikyokenja

第一章

chapter1

「さて、実験はそろそろ終わりにするか」

実験のために作った島を眺め、俺《おれ》――ガイアスはそう呟《つぶや》く。

この島で俺は、魔法に関する実験を続けてきた。

いずれも、『第一紋』――戦闘に向かない紋章《もんしょう》を持った俺が強くなる手段を探《さぐ》るような実験だ。

気がつけば、実験をはじめてから100年が経《た》っていた。

元々は5年ほど実験して、一段落ついたらやめようと思っていたのだが――思いついたことを次々と実験するうちに、随分《ずいぶん》と時間が経ってしまったものだ。

「最後の実験ついでに、使った島を片付けるとするか」

そう呟いて俺は、手のひらほどの大きさの魔道具を大量に取り出す。

少しだけ魔力を込めると、魔道具は空へと飛んでいった。

それを確認して俺は、一言呟く。


「【メテオ・フォール】」


そう唱《とな》えると、空に無数の流星が流れた。

しかし流星は消えることなく、輝きを増していき——大気との摩擦で赤熱《せきねつ》しながら地表へと殺到する。

轟音《ごうおん》とともに島は砕《くだ》け散り、重さ数十トンにも及《およ》ぶ岩塊が撒《ま》き散らされた。

あまりのエネルギーに海は沸騰《ふっとう》し、水蒸気爆発《ばくはつ》が起こす水煙で視界が閉ざされる。

煙が晴れた時、そこに島は残っていなかった。


「まあ、こんなものか」


隕石《いんせき》。

宇宙から落ちてきた小惑星が重力によって落下し、圧倒的な運動エネルギーをもって破壊を

撒き散らす自然現象だ。

その速度は時に音速の数十倍にも達し、余波と気候変動によって一つの文明を破壊すること
すらあり得る。

【メテオ・フォール】は、そんな隕石を人為的に再現するべく作られた魔法だ。

とはいえ、人間の魔力には限界がある。

本物の隕石のような落下高度や質量を魔法で再現するのは、あまり現実的とはいえない。

【メテオ・フォール】をさらに強化し、威力を増した魔法もいくつか存在する。

だがそれらは、膨大な魔力を食う上に使用できる紋章が限られている。

『第一紋』の俺には、もちろん使えない。

俺が持つ『第一紋』は付与魔法に高い適性を持つ代わりに、戦闘関係の適性は壊滅的だ。

他の紋章は全《すべ》て長所と短所があるのだが、正面戦闘に関して言えば――『第一紋』には短所
しかない。

魔法の発動は遅く、威力は低く、強力な魔法は発動さえできない。

そこで俺は、貧弱《ひんじゃく》な『第一紋』の魔法を強化することにした。

【メテオ・フォール】が持つ破壊力の源《みなもと》は重力なので、重力そのものを強化すれば威力は上がる。

隕石自体を圧縮すれば空気抵抗が小さくなり、激突時のエネルギーを上げることができる。

さらに【メテオ・フォール】の隕石自体を武器とみなし、剣などに使われるような付与魔法を与えることによっても強化できる。

こういった魔法理論を元に作り上げた魔道具が『メテオ・コア』だ。

上空に打ち上げられた『メテオ・コア』は【メテオ・フォール】によって取り込まれ、その威力を別物と呼んでいいまでに向上させる。

その結果、島を一つ破壊できるまでの威力が得られたという訳だ。

たとえ高威力魔法に向いた『第二紋』の魔法使いが最上級の隕石魔法を使ったところで、ここまでの破壊力は出せないだろう。

だが俺は、全く満足していなかった。

「……弱い魔法だな」

ボコボコと泡を立てて沸騰する海を見ながら、俺はそう呟く。

俺の目標は、こんなところにはない。

『この星』の中の魔物なら、魔道具と魔法の組み合わせ次第では勝てるだろう。

だが宇宙には文字通り桁《けた》の違う、それどころか魔法理論すら通じない力を持った魔物——

通称【熾星霊《しせいれい》】が存在する。


俺が目指すのは『世界最強』だ。

ちっぽけな『この星』の『最強』になど興味はない。

相手が【熾星霊】であろうとも、打ち倒す。

そのつもりで俺は、今まで鍛錬《たんれん》や実験を重ねてきた。


だが、現実は残酷だった。

今より強くなる方法はいくらでも思いつく。

ただし、それは『第一紋』以外ならの話だ。

認めたくはないが――世間の評判通り、俺が持つ『第一紋』は、致命的なまでに戦闘の才能がない。

魔法の構築は遅く、威力は小さく、上位魔法に至っては構築すら不可能だ。

まだ理論的に『これ以上強くなる方法がない』と証明できたわけではないが、このまま研究を続けてもその結論にたどり着く可能性は極《きわ》めて高い。

「さて、どうするかな」

宇宙の魔物に勝てる力を得る方法は、三つほど思いつく。

一つ目は『【熾星霊】が持つ力を利用すること』。

『第一紋』で強くなれないというのは、魔法理論に関してだけの話だ。

【熾星霊】は、既存の魔法理論では説明がつかない現象を起こす力――【理外の術】を持っている。

死者蘇生《そせい》や時間遡行《そこう》など、魔法理論では不可能とされる現象でさえ実現する【理外の術】の力であれば、紋章を書き換えたり強化したりといった芸当ができてもおかしくはない。

俺が一番やりたいのはこれだが、問題は俺の目的に合う【理外の術】を手に入れるのが極めて難しいことだ。そもそも俺に合った【理外の術】があるという保証もない。

だが——これが本命だ。

現状ではこれ以外、自分自身を強化する方法はないからな。

二つ目は『生まれ直すこと』。

魂と記憶を魔法に封じ、未来の世界に転生《てんせい》することだ。

今の俺の記憶さえあれば、強くなるのはそう難しくないだろう。

一番欲しいのは近接戦闘特化型の第四紋だが、第二紋や第三紋でもこの紋章よりはずっとマシだ。

とはいえ、まだ第一紋で強くなれないと確定した訳ではないので、生まれ直しは最終手段だ。

三つ目は『仲間を得ること』。

俺は今まで一人で戦ってきたが、別に単独での戦闘にこだわっているわけではない。

俺についてこられる実力を持つ者がいなかったから、一人で戦っていただけだ。

戦闘向けの紋章を持った者をサポートし、しっかりと指導をすれば、宇宙の魔物に対抗できる力が得られる可能性は十分にある。

ただし、この方法には大きな問題が一つある。

集めた仲間が、なぜかみんな逃げてしまうのだ。

初歩の鍛錬として煉獄竜《れんごくりゅう》がひしめく洞窟《どうくつ》に行こうとしただけで仲間に一人残らず逃げられてしまったのは、今も納得がいっていない。

仕方なく煉獄竜は、一人で始末した。

なぜみんな逃げてしまったのだろう。楽しいのに。


とはいえこの方法は、仲間が逃げさえしなければ有望だ。

なにしろ俺が持つ第一紋は単独戦闘には絶望的に向かないが、仲間のサポートに関しては最強といっていい紋章だからな。

俺と一緒に魔物狩りを楽しんでいるだけで、足手まといにならない程度の実力はつくはずだ。

そこから先は、ゆっくり育てていけばいいだろう。


問題は、どんな仲間なら逃げないかだな。

大陸一の豪胆《ごうたん》だと言われていた男も、最初の冒険の行き先を聞いただけで逃げ出してしまった。

普通に戦っていれば、そこまで危険な場所ではないのだが。

などと思案しているうちに、俺は名案を思いついた。

「もしかして、人間以外の仲間なら逃げないのか?」


人間というのは、魔法的にとても優遇された種族だ。

ここまで複雑な魔力回路を持ち、精密な魔法を扱うことのできる生物は、人間と魔族くらいしか存在しない。

魔族を仲間にするのは難しいので、実質的には人間だけといっていいだろう。

だが、魔法を扱える種族は他にもいる。

例えばドラゴンだ。ドラゴンの魔力回路は人間ほど複雑ではないが、単純な魔力強度や魔力量では人間をはるかに上回る。

その点をうまく活《い》かせば、強くなれる可能性は十分にある。


「とりあえずドラゴンから探すか。まだ残っていればいいんだが」


100年前の世界では、ドラゴンは珍しい生き物だった。

元々は沢山《たくさん》いたのだが……乱獲の結果、数が激減してしまったのだ。

俺はちゃんと資源量を考えて『強く育ったドラゴン』だけを倒していたのだが、自分勝手な魔法戦闘師たちが弱いドラゴンまで狩って回った結果、ドラゴンたちは散り散りに隠れ住むようになってしまったのだ。

まだドラゴンが生き残っていることを祈りつつ、俺は探知魔法を発動する。

すると……ここから数百キロ離れた場所に、１００匹以上のドラゴンが集まった洞窟《どうくつ》があるのを見つけた。

探知対策が施《ほどこ》されているが、そこまで高度な対策ではなかったので簡単に発見できた。

「あれ？　集まってるじゃないか」

ドラゴンが一カ所に集まると、魔力探知などに引っかかりやすくなる。

そのため、１００年前のドラゴンはあまり群れを作らない生き物だったのだが……最近は違うんだな。

そう考えつつ俺は、転移魔法を発動した。

◇

「ここか……」


ドラゴンたちが集まっている洞窟の目の前に降り立った俺は、周囲を見回す。

人間の家と違いドアなどはついていないが、恐らくここが正面入口だろう。

入り口こそ狭いが、内部には巨大な空間が広がっているようだ。


洞窟内に直接転移することもできたのだが、仲間探しに来た以上は正面から入るのが、最低限の礼儀《れいぎ》というものだろう。

俺は常識ある魔法戦闘師なので、そのくらいは分かっている。

さて……どう挨拶《あいさつ》すべきか。


などと思案しながら洞窟に入ろうとしていると……洞窟内からドラゴンの声が聞こえてきた。

どうやら、ドラゴンのリーダーが演説をしているようだ。


「ガイアス亡き今、ニンゲンを恐れることはない！　奴《やつ》らにできることといったら、幼竜や下級竜をちまちま狩ることくらいだ！」

「そうだそうだ！」

「今こそ、あの忌々《いまいま》しいニンゲンどもを滅ぼすぞ！」

「ついでに、ニンゲンに味方する忌々しい暗黒竜《あんこくりゅう》にも死を！」


ガイアスって……俺のことだよな？

どうやら俺は100年ほど実験をしている間に、勝手に死んだことにされていたようだ。

確かに実験区域はしっかりと隠蔽《いんぺい》の結界で囲んでいたので、俺が何をしているかは誰《だれ》も知らなかったはずだが……だからといって、たった100年いなくなったくらいで死んだ扱いにされるのは納得がいかないな……。


「勝手に殺さないでほしいな……」


そう言いつつ俺は洞窟の中に入っていき、周囲に集まっているドラゴンを見回す。

だが……うーん。

めぼしい竜がいないな。

強さもいまいちだし、成長の余地もあまりなさそうな竜ばかりだ。

「……何だお前は、どこから入ってきた？」

演説をしていたドラゴンが、訝《いぶか》しげな目で俺を見る。

このドラゴンは、俺の顔を知らないようだが……割と若い竜のようだし、それ自体は別に不思議でもないか。

そう考えていると、年老いたドラゴンたちが騒ぎ始める。

「ガ……ガイアスだ！　生きてやがった！」

「一体どうやってここを……探知対策は万全だったはずだ！」

それを聞いたドラゴンたちは、パニック状態に陥《おちい》った。

若いドラゴンたちはキョトンとしているようだが……年老いた竜たちは逃げ出そうとしているようだ。

俺は結界魔法を出口に展開して逃亡を阻止《そし》しながら、対話を試みる。

「ちょっと待ってくれ。俺は別に戦いに来たわけじゃない」

「じゃあ、何をしに来た？」

「強いドラゴンとか、強くなりそうなドラゴンがいる場所を教えてくれ」

尋ねた相手は、演説をしていたドラゴンだ。

こいつが群れのリーダーのようなので、他に強い竜を知っているかもしれない。

そう考えて尋ねたのだが……。


「強いドラゴンなら、目の前にいるだろう？」

「目の前……どこだ？」


どうやらこの洞窟には、強いドラゴンがいるらしい。

入り口から見回したときには、1匹もいなかったはずなのだが……。

もう一度探し直してみるか。


そう考えて俺は、探知魔法を発動する。

だが、やはり強い竜は見当たらない。


「強い竜って……どこにいるんだ？」

俺はあきらめて、答えを求めることにした。

すると目の前のドラゴンは額に青筋《あおすじ》を立て——俺に向かって炎を放った。


「ぶっ殺してやる！」


ただの炎ではない。

ドラゴンの象徴とも言える大魔法【竜の息吹《いぶき》】。

それはひとたび発動すれば、ありとあらゆる物体を——可燃物であるかどうかすら問わず焼き尽くす炎だ。

人間はもちろん、周辺にいる下級竜ですら灰になるだろう。灰すら残らないかもしれない。


だが、そうはならなかった。


【竜の息吹】は、高度で緻密《ちみつ》な魔法の集合体だ。

だからこそ、脆《もろ》い。

俺が術式の弱点に魔力を流し込むと、炎はなんの影響も残さずに消滅した。

「魔力がもったいないな」


魔法が崩壊したことによって【竜の息吹】が内包していた魔力は、周囲に撒き散らされた。

そのままだともったいないので、俺自身の魔力を流して術式の一部を再構成する。

ドラゴンが放った【竜の息吹】は、それを放った竜自身を焼き尽くした。


「で、強いドラゴンの居場所の話に戻りたいんだが……情報源が1匹減ってしまったな。誰か代わりに答えてくれないか？」


俺はそう言って『ドラゴンだったもの』から離れると、近くにいた竜の1匹に目を向けた。

知識を持っていそうな、年老いたドラゴンだ。

ドラゴンは俺の顔を見て一瞬青ざめたが……ふと何かを思いついたかのように笑みを浮かべると、地面に地図を描き始めた。


「この島の洞窟に神殿がある。中に暗黒竜がいるはずだ」

「どんなドラゴンだ？　強いのか？」

「宝石を対価にニンゲンを助け、我らに仇《あだ》なす竜だが……忌々しいことに奴は強い。でなければ、とっくに殺している」

なるほど。ドラゴンが笑みを浮かべた理由が分かった。
そのドラゴンの場所を俺に教え、代わりに始末してもらいたい訳か。
俺の目的が仲間探しだと聞いたら、こいつはどんな顔をするだろうか。
強い竜の居場所を教えてくれるなら、目的なんて何でもいいのだが。

「ありがとう。そこをあたってみよう」

そう言って俺は、用済みになった洞窟を出ていこうとする。
そしてちょうど出口に差し掛かり、ドラゴンたちに背を向けた時。

「今だ！　やれ！」

背後からそんな声が聞こえ、無数の【竜の息吹】が展開された。
どうやらドラゴンたちは、俺が背中を向けるタイミングを見計らっていたようだ。

「ふははははは！【竜の息吹】一発なら防げたようだが……この数は防げまい！」
「目障《めざわ》りなガイアスを殺したぞ！　これで我らの天下だ！」

迫る炎に俺は危機感を抱いた。
だが、自分の生命に関する危機感ではない。
『このままでは、ドラゴンが絶滅してしまう』という危機感だ。

「さっきから言ってるだろ。勝手に死んだことにしないでくれ」

そう言って俺は簡単な風魔法を発動し、残っていた炎を吹き散らす。
俺はもちろん無傷だ。それどころか、ローブには焦《こ》げ一つない。

「ふはははは……は？」
「な、なぜだ？　なぜ生きている……？」

生還した俺を見て、ドラゴンが困惑《こんわく》の表情を浮かべる。

――あまりにも愚《おろ》かだ。さっきの魔法を見た後ですら、実力差が理解できないとは。

他のドラゴンも同じレベルだとすれば、ドラゴンの絶滅はそう遠くないかもしれない。


俺は自分で魔法を使ってすらいない。

ただ腰に提《さ》げていた魔道具の一つを起動しただけだ。


そもそも第一紋は直接戦闘ではなく、付与魔法に対する適性を持つ紋章だ。

戦闘の場で魔法を構築するのには全く向いていない。

だから俺は、魔道具によってその弱点をカバーしている。


今起動したのは、その魔道具のうちの一つ。

微量の魔力を流すことで起動し、周囲に結界魔法を展開するものだ。

長い時間かけて改良を施したこの魔道具は、この程度の雑魚竜《ざこりゅう》が放った【竜の息吹】程度なら何百発でも防げる強度を持っている。


「なぜ生きてるって言われてもな。あんな魔法で死ぬほうが難しいだろ」

さて。こいつらは見逃してやるつもりだったのだが……あんな不意打ちを仕掛けられた以上、放っておくわけにもいかないな。

弱いドラゴンを倒すのは、生態系保護という意味であまりやりたくないが……仕方がない。


「殺すっていうのは、こうやるんだよ」


そう言って俺は、収納魔法から小さな魔石を取り出す。

いわゆる『クズ魔石』と呼ばれる、まともな魔道具には使えないくらいの魔石だ。

俺はその中に、大量の魔力を込めていく。

クズ魔石は、大量の魔力を受け止められるようにできてはいない。

だが俺は魔石の中で魔法術式を絡《から》み合《あ》わせ、魔法的な結合力によって魔石の崩壊を防ぐ。

こういった緻密な魔力付与は、『第一紋』が得意とする分野だ。

過剰な魔力を詰め込まれた魔石は、青白く輝き始める。

輝きは不規則に明滅し、周囲には圧力が放たれる。

それを見てドラゴンたちは危険な雰囲気を感じたのか、慌《あわ》てて俺に攻撃を仕掛け始めた。

「な……なんだかわからんがアレはヤバい！　奴を止めろ！」

「止めるって、あんな化け物を一体どうやって……」

「り……【竜の息吹】だ！　アレを防げるような結界がそう何度も展開できるとは思えん！」

ドラゴンたちは慌てて【竜の息吹】を放ち始めるが、俺には傷一つつけられない。

そして魔石がひときわ大きく輝き——魔力放射が放たれた。

「ひいいぃいぃぃ……え？　わ、我はなんで生きて……」

光が収まった時、洞窟内の景色は様変わりしていた。

洞窟の壁は熱でガラス化し、ドラゴンたちは黒焦《くろこ》げになって倒れている。

生き残った竜は、たった1匹だけ。

強いドラゴンがいる洞窟について俺に教えてくれた老竜だ。

こいつも俺に不意打ちを仕掛けた一員だが、一応恩があるので生かしておいた。

「お前が生きているのは、そうなるように術式を調整したからだ」

「調整……あの滅茶苦茶《めちゃくちゃ》な威力の魔力爆発を調整……そんなことが、可能なはずが……」

老竜が困惑しきった様子で、俺から逃げるように後ずさっていく。

過剰な魔力を込められた魔石の爆発は、通常不規則だ。

だが俺は魔石に込める術式に少しだけ手を加え、老竜がいる場所だけ魔力放射が届かないようにしておいたのだ。

術式をよく見れば分かったはずだが——付与魔法に詳しくない者にとっては、不可解な現象に見えたかもしれない。

老竜は完全に戦意を喪失《そうしつ》しているようだ。

この状態なら『仲間になれ』と言っても、逆らわないかもしれない。

だが……こんなに弱い竜だと、さすがに仲間にしても仕方がないな。

「今度は不意打ちしないほうがいいぞ。命が惜《お》しければな」

そう言って俺は洞窟を去った。
背中を向けても、【竜の息吹】は飛んでこなかった。

第二章 chapter2

「さて……ここか。期待できそうだな」

老竜が教えてくれた場所には、確かに神殿があった。
巨大な門は閉ざされているようだが、中から竜の魔力を感じる。
強い竜、伸びしろのある竜の魔力というのは、遠くにいても分かるものだ。
魔力の雰囲気からすると、おそらく幼竜だが……すでに半端《はんぱ》な成竜よりよほど強いな。

「ニンゲンよ、何用でここに来た？」

俺《おれ》が神殿の前に立つと、そう問う声が聞こえた。
わざわざ人間語を使ってくれるあたり、人助けをする竜というのは間違っていないようだな。

「宝石を対価に、人間を手伝ってくれるドラゴンがいると聞いてな」

「いかにも。我がその竜だ」


そんな声とともに、神殿の門がゆっくりと開く。

そして中から、1匹の暗黒竜《あんこくりゅう》が姿を現した。

その名の通り漆黒《しっこく》の体を持つ、竜の中でも有数の力を持つ種族だ。


竜は扉が開ききるのを待ち、厳《おごそ》かに口を開く。


「問おう。貴様は何を望む？　そして対価に何を差し出す？」

「そうだな……依頼内容は『俺の仲間になること』、報酬は応相談というところだ」

「……仲間、だと？」

「ああ、仲間だ。実は共に戦える奴《やつ》が欲しくてな。必要な装備は用意してやるし、強くなる方法も教えてやる。悪い話じゃないと思うんだが……どうだ？」

「クク……フハハハハハハ！！！」

俺の言葉を聞いて、暗黒竜は笑い出した。

愉快な笑いというよりは、嘲笑《ちょうしょう》と怒りが混ざったような笑いだ。

「いきなり『仲間になれ』などとほざいたと思ったら、ニンゲン風情《ふぜい》が『強くなる方法を教えてやる』だと⁉　面白《おもしろ》いニンゲンだ！」

「褒《ほ》めてもらえて光栄だな」

「……褒めてなどいない！」

怒りの声とともに、暗黒竜が地面を踏みつける。

それだけで、轟音《ごうおん》とともに地面が揺れた。

「ニンゲンよ、勘違いするな。我が貴様らを助けるのは対価のためだ。それ以上無礼《ぶれい》を続けるようなら、殺すことに躊躇《ちゅうちょ》はないぞ？」

「つまりは対価次第では、依頼を受けてもらえるということか？」

「確かに、依頼は対価次第だ。だが竜は誇り高き種族。『ニンゲン風情の仲間になる』などという屈辱に見合う宝石など、存在するとは思わんがな」

「……確か、対価は宝石だったな？　では、これでどうだ？」

そう言って俺は、収納魔法から巨大で真っ黒な宝石を取り出す。

宝石としてもなかなかいいものだが、ドラゴンにとっては『特別な意味』のある石だ。

問題は暗黒竜がこの宝石について知っているかどうかだが……。

「こ、これはまさか……」

「どうだ？　きれいな宝石だとは思わないか？」

「……確かにきれいだな」

何かを察したのか、暗黒竜の声のトーンが落ちていく。

どうやら幼竜であっても、この宝石のことは知っているようだな。

「こ……この宝石、どこで入手したものだ？」

「もちろんロンズディア山脈だ。他にないだろう？」

邪王竜《じゃおうりゅう》ディアボロス。

今から150年ほど前に、ロンズディア山脈一帯を支配していた竜だ。

当時は世界最強のドラゴンとされており、人竜問わず万単位の死者を出していた。

この宝石は、そんなドラゴンの心臓から取り出した宝石だ。

ドラゴンの心臓には、竜の血からできた希少な宝石――通常『竜殺しの石』が入っている。

宝石の質や色はドラゴンの強さによって違うが――こんな色と大きさを持った『竜殺しの石』は、他にないだろう。

「き、貴様がそれを持っているということは？」

「もちろん倒した。怪しいと思うなら、他の人間にでも聞いてみるといい」

邪王竜ディアボロスを倒したのは俺だ。

もったいないので殺さないように手加減するつもりだったのだが、邪王竜が思ったより弱かったせいでうっかり殺してしまったのだ。

まあ、生きていてもそこまで伸びしろのあるドラゴンではなかったので、別に殺しても問題なかったのだが。

「さて、答えを聞こうか。この宝石を対価に、俺の仲間になるのかどうか」

「…………ちなみに、断ったら？」

「きれいな宝石が一つ増える」

竜の心臓に生成される宝石は、そのドラゴンが強ければ強いほど高品質になる。

新しく手に入る宝石は、きっときれいだろう。

残念ながら暗黒竜は、その宝石を見ることができないだろうが。

などと考えながら、俺は答えを待つ。

一瞬の沈黙の後――轟音《ごうおん》とともに、俺の目の前の地面が砕け散った。

洞窟《どうくつ》にいたドラゴンたちとは比較にならない速度とパワーだ。

舞い上がった土煙《つちけむり》が収まった後――そこには頭部を文字通り地面にめり込ませ、平伏する竜がいた。

「……すみませんでした」

「む？」

「調子に乗ってすみませんでしたあああああぁぁ！　殺さないでくださいいいぃぃぃぃ！」

そう言って暗黒竜は、ガンガンと頭を地面に打ち付ける。

地面にひび割れが広がり、神殿の柱は砕け散り、天井《てんじょう》が崩落《ほうらく》を始める。

俺は仕方なく防御魔法を展開し、無差別破壊行為……もとい、暗黒竜の謝罪を見守ることにした。

「あの……殺さないでくれますか?」

神殿が瓦礫《がれき》の山に変わったあたりで、暗黒竜は恐る恐る顔を上げてそう尋ねた。

元々、殺しに来た訳ではないんだけどな……。

「仲間になるなら殺さないと、先ほど言ったはずだが……」

「なります!」

即答だった。

竜の誇りは一体どこへ行ったのか。

「分かった。じゃあ名前を教えてくれ」

「イリスです！」

「よろしく頼む、イリス。俺はガイアスだ」


どうやら早速仲間ができたようだ。

幸先《さいさき》がいいな。


「で、でもディアボロスを倒せるなら、ワタシなんていらないんじゃ……？」

「大丈夫だ。すぐにあんなのより強くなれるからな」

「……邪王竜ディアボロスを、『あんなの』扱い!?」

「心配するな。そう遠くないうちにお前も、あのくらいは戦えるようになるはずだ」


今の暗黒竜が１００匹集まったところで、ディアボロスに勝てない。それは事実だ。

だが、今のまま戦わせるつもりなどない。


「人間の姿になれるか？」

「もちろんです。ドラゴンですから！」

ドラゴンという生物は元来、人間の姿に変化する固有魔法を持っている。

竜にとって切り札である【竜の息吹《いぶき》】が使えなくなるため、一般的には『竜の姿のほうが強い』とされているが……俺はむしろ人間の姿のほうが伸びしろがあると思っている。

人化した竜は見た目こそ人間とほぼ変わらないが、身体能力や魔力は人よりドラゴンに近い。

そして人間と同じように、多彩な魔法を扱えるようになるのだ。

ドラゴンの魔力回路は人間ほど複雑ではないため、あまり高度な魔法は使えないが——ドラゴン特有の膨大な魔力があれば、それをカバーする手段はある。

俺の紋章《もんしょう》は、付与魔法に特化した第一紋。

強力な装備による強化は、人間の姿のほうが効きやすい。

「えっと……こんな感じですか？」

そんな言葉とともに暗黒竜の姿が消え、一人の少女が現れた。

どうやら、竜に裸体を恥ずかしがる文化はないようだ。

この体格だと……今までに作った装備そのままでは、サイズが合わないな。

「ちょっと待ってくれ」

そう言って俺は収納魔法から装備を取り出し、サイズをイリスの体に合わせていく。

加工用の魔法などを駆使した結果、5分ほどで作業は終わった。

調整が終わった装備をつけたイリスを見て、俺はサイズが間違っていないことを確認する。

服から手袋に至るまで、いずれも高度な魔法付与が施《ほどこ》された、強力な装備だ。

人化した竜の防御力を考えると金属鎧《よろい》は邪魔《じゃま》なだけなので、布系の装備を主軸にしてみた。

これだけでも、かなり戦力は変わるだろう。

「えっと……これが武器ですか？　なんだか貧弱《ひんじゃく》そうに見えますけど……」

手に持った杖《つえ》を見て、イリスが疑問げに首をかしげる。

この杖は俺が今までに作った中でも、かなりの自信作だ。

高純度のマギクラス鋼で作られた杖は、魔法の制御力を桁外《けたはず》れに向上させる。

たとえ3歳の子供でも、この杖を持たせれば魔法を使えるだろう。

一切《いっさい》の無駄を排除し、最低限の重量で最大限の効果を得るように設計されたそのフォルムは機能美すら感じさせる。

もっと強力な杖なら他にいくらでもあるが、人化した竜——つまり膨大な魔力を持った魔法の初心者に持たせる杖として、これほどふさわしい杖はないと言っていいだろう。

などと考えていると、イリスは何を思ったか杖を振り上げ、地面に叩《たた》きつけた。

魔法を強化するために作られた杖は当然ながら、打撃武器としては作られていない。

そもそも純金属は合金と違って、そこまで硬くならないのだ。


「……あれ、曲がっちゃいました」

「杖はそうやって使うものじゃない……」


そこから教える必要があるのか……。

◇

「これでいいか？」

「持ちやすくなりました！」


ただ直しただけではまた壊されてしまう気がしたので、俺は杖を強化することにした。

柔らかいマギクラス鋼を、非常に高い強度を持つアダマンタイト合金で覆《おお》ったのだ。

結果として杖の重量は100キログラムを超え、一般人では持ち上げることすらできない代物になってしまった。


これはもはや、杖というよりは金属杭《くい》と呼んだほうが正しいだろう。

元々の杖にあった『無駄のない機能美』のようなものは、跡形《あとかた》もなく失われてしまった。

無粋《ぶすい》の極《きわ》みである。

だが……イリスはこれが気に入ったようだ。

まあ、これで魔法が使えるかどうかは分からないのだが。

魔法を使うドラゴンはいるが、人間と同じ杖でいいのかは微妙なところだ。

「イリス、魔法は使えるか？」
「えっと……わかんないです！　どうやって使うんですか？」

まあ、そこからだよな。
どうやら実験の必要があるようだ。
さて……どうやって実験するかな。

などと思案しつつ俺は、探知魔法を発動する。
イリスのいる洞窟は、海に浮かぶ島にある。
島の中に外の人間がいなければ、ここで実験できるが……どうやらいないようだな。
「この島なら実験に使って大丈夫そうだな。外に出よう」
そう言って俺は、イリスとともに洞窟の外に出た。
高威力の魔法を洞窟で使うと、崩落が起こるかもしれないからな。

「いいか、今から俺はイリスの魔力を動かして魔法を発動する。その感覚を覚えるんだ」

「ワタシの魔力を……？」

「ああ。やってみるのが早いだろう」


そう言って俺は、イリスの手に触れる。

そして魔力を操作し、魔法を構築し始めた。

生物の体を一種の魔道具に見立て、内部の魔力を操作する。

これは付与魔法の応用だ。

魔力の持ち主による操作に比べると干渉力は低いため、魔法使い相手の戦闘では使えないが——魔法の初心者に感覚を覚えさせるにはちょうどいいだろう。


「いくぞ」


そう言って俺は、魔法の構築を完了させ——魔力を流し込む。

するとイリスの杖から巨大な火球が現れ、遠くの地面に着弾した。

火球が爆発《ばくはつ》し、周囲に炎を撒《ま》き散らす。

「今のが魔法構築の感覚だ。分かったか？」

「分かりました！　……なんか、ギューンって！」

うーん。

本当に分かっているのだろうか。

まあ、試してもらうのが早いか。

「さっきの魔法、もう一度使ってみてくれ」

「了解です！」

イリスはそう言って、魔法を構築し始める。

確かに魔力の操作はできているが……先ほど俺が組んだ魔法とは雰囲気が違うような気がする。

具体的には、込められている魔力の量が多すぎる。

魔法に使う魔力の量というのは、多すぎても少なすぎても問題がある。

魔力の量によって制御に必要な術式も違うので、制御が効きにくくなるのだ。

「えっと……多分こんな感じ！」

そう言ってイリスは、魔法を組み上げた。

先ほどとは比べ物にならないほど巨大な火球が生まれ……イリスの目の前にゆっくりと落ちていく。

「……あれ？」

火球は大爆発を起こし、イリスは間抜けな声を上げながら吹き飛ばされた。

「まあ、そうなるよな……」

明後日《あさって》の方向へと飛んでいくイリスを眺めながら、俺はそう呟《つぶや》いた。

イリスがいた場所の周囲は、爆発の余波で更地《さらち》に変わっている。

だがイリスは無傷だ。

人化した竜にとってあの程度の爆発は、ちょっとした風が吹いたようなものだからな。

「人間の体って、不便ですね……踏ん張りが効かないです」

「まあ、ドラゴンの体よりずっと軽いからな……」

とりあえず、イリスは自分でも魔法を使えるようだ。

だが……まだ魔力量の制御は難しいようだな。

イリスも魔法出力を下げる方法を練習させれば、それなりの魔法は使えるようになりそうな雰囲気だ。

普通の魔法使いは『魔法出力を下げること』ではなく『魔法出力を上げること』に苦労する。

その逆というわけだな。

しかし俺は、イリスに魔法出力の下げ方を教えるつもりはない。

なぜなら、俺が想定するレベルの戦闘では、高出力な魔力を連発することになるからだ。

この魔法出力の高さは長所と考え、このまま伸ばすべきだろう。

小器用な魔法を使わせたければ、人間の魔法使いで十分なのだし。

とはいえ、大量の魔力を制御する術式は複雑だ。

少なくとも、初心者に扱えるような代物ではない。

まずは適当に扱える魔法を覚えさせて、魔法に慣れてもらうべきだろう。

そう思案していると……イリスは何を思ったのか、先ほど失敗した魔法をもう一度発動した。

そして先ほどと同じように、間抜けな声を上げて吹き飛ばされていく。

……うん。術式は変えたほうがよさそうだな。

「使う術式を変えよう。俺の術式を真似《まね》るんだ」

そう言って俺は、別の魔法を使ってみせる。

一種の迫撃魔法――放物線を描いて飛ぶタイプの爆発魔法だ。

この魔法は大量の魔力を消費し、あまり精密な制御ができず、着弾までに時間がかかる。

その代わりに、極めて簡単な術式で発動が可能な――つまりイリスのような『魔力に優れた素人《しろうと》』に使わせるのに向いた魔法だ。

魔法構築というものは、慣れの要素が大きい。

単純な魔法を何度も使ううちに、さらに複雑な魔法も覚えやすくなる。

「えっと……多分こう！」

そう言って構築した魔法は、今度はイリスの目の前には落ちなかった。

拙《つたな》いながらもまともに構築された魔法が発動し、ゆっくりと放物線を描く。

そして爆発音とともに、着弾地点から炎が吹き上がった。

「上出来だ。じゃあ次は、あの的を狙《ねら》ってみようか」

そう言って俺は結界魔法を発動し、簡易的な的を作った。

直径10メートル近い的なので、初心者にも当てやすいだろう。

迫撃《はくげき》魔法は精密な制御が利《き》かないが、それはほかの魔法と比べての話だ。

あのサイズの的に当てるくらいの制御なら、十分に可能なはずだ。

「了解です！」

イリスはそう言って、魔法を連発する。

迫撃魔法は次々と着弾し、島のあちこちを更地に変えていく。

だが、的には当たらない。

「あれ？　……当たらないです！」

どうやら制御力は、あまり高くないようだな。

まあ、魔法の制御というものは、試行錯誤しながら少しずつ学んでいくものだ。

問題は、ここからイリスがどうするかだが……。

「よーし！　当たるまで撃つ！」

そう言ってイリスは、今まで以上のペースで魔法を撃ち始めた。

どうやら手数で勝負することにしたようだ。

そして……。

「当たった！　当たりました！」

大体200発近い魔法を撃ち、的の周囲がほとんど更地に変わったところで魔法が的に命中し、イリスが嬉《うれ》しそうな声を上げる。

だが爆風が晴れたあと、そこにまだ的が残っているのを見ると、イリスは不満げな顔をした。

「でも、壊れてないです……」

「その的は壊れるように作ってないからな。当てられればそれで十分だ」

「うーん……そう言われると、壊したくなってきました！」

的として張った結界は【虚空結界《こくう》】と呼ばれる、そこそこ強力な魔法だ。

少なくとも、今のイリスが壊せるような代物ではない。

だが……。

「じゃあ、壊してみるといい」

俺はイリスの判断に任せてみることにした。

壊せる壊せないはともかく、魔法をとにかく使いまくることが上達の秘訣《ひけつ》だ。

イリスは魔力量も多いし、使いたいだけ使わせるべきだろう。

「分かりました！」

そう言ってイリスは、的のほうへ駆け寄っていく。

そして自分を巻き込むのも構わず、迫撃魔法を連発し始めた。

「この距離なら外さないです！」

イリスの魔法が、次々と的に着弾していく。

これだとイリス自身も魔法に巻き込まれるが、どうやら杖を地面に突き立てて支柱代わりにしているようだ。

……杖を頑丈にしておいてよかったな。

「さて、しばらく見守るとするか」

俺はそう呟いて、イリスが【虚空結界】と悪戦苦闘するのを見守ることにした。

◇

それから1時間後。

島はイリスによって焼き尽くされ、草木1本生えない不毛の地と化していた。

そんな中に、傷一つない【虚空結界】だけが残っている。

「まさか、ワタシの【竜の息吹】でも壊れないなんて……」

無傷の的を、イリスが納得のいかない顔で見る。

イリスは途中から魔法による結界破壊をあきらめ、竜の姿になって爪《つめ》で引《ひ》っ掻《か》いたり【竜の息吹】を放ったりして結界を壊そうとしたのだ。

その巻き添えを食う形で、緑豊かだったはずの島は砂漠のような有様《ありさま》になっていた。

「っていうかガイアスさんも、なんで無事なんですか？　結界に入ってました？」

「いや、適当に防いだ」

「……竜の息吹って、適当に防げるんですね」

「ああ。だから魔法を覚える必要があるんだ」

確かにイリスの【竜の息吹】は、ここに来る前に戦ったドラゴンたちの【竜の息吹】より数段強力だった。

だが、【竜の息吹】であることに変わりはない。

【竜の息吹】は確かに強力な術式だが、これだけで勝てるようなら俺はイリスに魔法を教えたりはしないだろう。

というか、こんなしょうもない目的のために【竜の息吹】を撃つか普通。仮にも竜の切り札だぞ。

やはり人間としての常識は、ちゃんと教える必要があるようだな。

などと思案していると、身につけていた魔道具のうち一つが音を発した。

俺はその魔道具に目をやって、少しの驚きとともに呟いた。


「これ、まだ生きてたのか……」


音を発したのは、『魔物通知装置』──強力な魔物が現れた時に知らせる魔道具だ。

とはいっても、この魔道具は別に探知魔法を内蔵しているわけではない。

この魔道具は一種の通信機、それも受信専用だ。


受信機はこれ一つだけだが、対となる発信装置は無数に存在する。

発信装置を持った者が強い魔物に遭遇した時、装置のボタンを押すことによって俺に通信が届き、俺が討伐《とうばつ》に向かう。

これは、そういう装置だ。


……というのは、今から何百年も前の話。

この装置、『こういうのを作ったら、強い魔物と戦える機会が増えていいんじゃないか？』と思って作ったものの……実際に来た討伐要請は、しょうもない魔物ばかりだったのだ。

そのため俺は装置の機能停止を宣言し、無数にあった発信装置はすでに全《すべ》て無効化した。

たとえボタンを押したとしても、俺に通信が届くことはない。

だから、この『魔物通知装置』が鳴るはずがないのだ。

にもかかわらず、なぜ今この魔道具は鳴り続けているのか。

少しだけ考えて……俺は正解に思い至った。


「ああ、試作機か」


送信用魔道具には、いくつか試作機が存在する。

試作機には無効化用の機構がついていないため、魔力さえ流し込めば発信は可能だ。

とはいえ頑丈に作った魔道具ではないので、今も動く状態で保管されていたのは少し驚きだが。


「なんか鳴ってますけど……これ、何ですか？」

「強い魔物が現れた時に、知らせてくれる装置だ。しかし……どうするかな」

俺はとっくの昔に『発信器は無効化する、今後の討伐要請は受け付けない』という通達を出している。

それを無視して出された要請など、応《こた》える必要はない。

とはいえ討伐要請を無視したところで、急いで行く場所があるわけではない。

受けてみるのも、悪くないかもしれないな。

１００年ほど実験をしていた間に、面白い魔物も増えているかもしれないし。

などと思案しつつ俺は、転移魔法を起動する。

「イリス、魔物を倒しに行くぞ」

「分かりました！　的にしてやるです！」

そう言ってイリスは、杖という名の金属杭を振り回した。

第三章 chapter3

Side of ユリル

マイルズ王国最強の魔法使い。

それが私、ユリル・アーベントロートだ。

この『最強』という称号はうぬぼれでも何でもなく、ただの事実だ。

魔法戦闘師の最高峰とされる『クラス11』はこの国に3人しかおらず、その中で魔法使いは私だけ。

私に勝てる魔法使いはこの国にいないし、勝負を挑《いど》もうとする者すらいなくなった。

そんな私は5人パーティーを率い、洞窟《どうくつ》の中を進んでいた。

もちろん私が率いるのは、普通のパーティーなんかじゃない。

『クラス11』が2名、その下の『クラス10』が3名——マイルズ王国が今集められる戦力を全《すべ》て結集したと言っていい、特命臨時パーティー。

平時であれば『クラス11』や『クラス10』は、単独行動が基本だ。

『クラス10』が単独で達成できない依頼など、平時ではそうそう出ない。

2人以上いたところで、戦力の無駄以外の何物でもない。

災害級の魔物が現れた際には『クラス10』が2、3人集められることもあるが、『クラス11』であればそれも単独討伐《とうばつ》できてしまう。

実際『クラス10』が3人で挑んで返《かえ》り討《う》ちにあった魔物を、私は単独で討伐した。

『クラス11』というのは、そういう存在。

にもかかわらず、今回のようなパーティーが集められたのには、当然理由がある。

『邪竜《じゃりゅう》リメイン』と名付けられた1匹のドラゴンが、18もの都市を滅ぼした。

中には中規模の魔法都市も含まれており、死者数はすでに7万名に達している――というのが、王国の話だ。

現在の世界では通常、ドラゴンは狩られることを恐れて隠れ潜んでおり、表に出てくることはない。

仮に出てきたとしても、素材目当ての魔法戦闘師たちに狩られるのがオチだ。

もっとも私は低級なドラゴンごときの素材に興味はないので、大昔に何度か参加しただけなんだけど。

ドラゴン狩りは面倒くさい。

何が面倒かというと、ワラワラと集まってくる魔法戦闘師たちを巻き込まないように魔法を使わなければいけないことだ。

普通なら魔法1発で済むところを、ちまちまと小規模魔法で倒す羽目《はめ》になる。

それでも、足手まとい《足手まとい》の彼らだって必死なんだ。

ドラゴンの素材はとても高く売れる。

魔法戦闘師には金が必要な理由を抱えている者も多いから、彼らは危険を顧《かえり》みず竜に挑む。

すでに人生を何十回でも遊んで暮らせるだけの財産を手に入れている私が、そんな彼らの狩りを邪魔《じゃま》しては可哀想《かわいそう》な気もする。

雑魚《ざこ》の相手は雑魚にやらせればいい。

私は別に、弱いものいじめがしたい訳ではないのだし。

という訳で私はもう、ドラゴンと戦うのをやめていた。


だが、そんなドラゴン狩りにも例外はある。

それはドラゴンが、並の魔法戦闘師に倒されないほどの強さを持っている場合だ。


ドラゴンの持つ【竜の息吹《いぶき》】は、中規模な都市を一撃で焦土《しょうど》に変えられる威力を持つ。

そんなものが好き勝手に暴《あば》れまわれば、小国くらいは簡単に滅んでしまう。

この世界の歴史には、そうやって滅んだ国がいくつもある。


いっぽう、ドラゴンに国が滅ぼされるというのは昔の話だった。

少なくとも、ここ200年の間はなかった。


とはいっても、別にドラゴン対策が進んだという訳じゃない。

200年ほど前に、一人の魔法使いが『修行』などと称して強力なドラゴンを狩って回ったのだ。

その結果、国を滅ぼせるだけの力を持った竜は全て倒されてしまった。

まるで冗談のような話だが、政府記録にも残っている事実である。

本当にそんな魔法使いがいるのなら、一度見てみたい気もする。

だが残念ながらここ100年ほどの間、彼の姿を見たものは一人もいない。

どこかの迷宮の奥底で強力な魔物に挑み、人知れず死んでいった——というのが、現在の定説。

そんな中に『邪竜リメイン』は現れた。

マイルズ王国の片田舎《かたいなか》にドラゴンが現れたと聞いて、魔法戦闘師たちは大急ぎで討伐に出かけていった。

その中には名の知れた者や、経験を積んだベテランも大勢いた。

『クラス10』も何人かいた。

そして、誰《だれ》一人として帰ってこなかった。

事態を重く見た王国は、国中から集められる限りの戦力を集め、討伐に向かわせた。

それこそが、このパーティーという訳だ。

5人しかいないのは、半端《はんぱ》な者を連れて行ったところで足手まといにしかならないから。

とはいえ——5人なら足手まといにならないかというと、そうでもないのだけど。

「バインド・アロー！　……カイト、後は頼みます！」

「了解！　グランドスラッシュ！」

こいつら弱い。

パーティーメンバーの二人——『クラス10』弓魔法師バイルズと『クラス10』魔法剣士カイトが協力して魔物を仕留めるのを見ながら、私はそう思った。

弓魔法で動きを止め、魔法剣術で首を落とす。

確かに魔法戦闘のセオリー通りではある。

魔法戦闘師養成学校の教官あたりが見たら、お手本のようだと称賛するはず。

だが、彼ら二人が相手している魔物は『オーガ・ロード』——クラス8の魔物でしかない。

クラス8というと、小規模な街であれば単独で壊滅させられる程度の力を持ち、ギリギリ災害級に分類される魔物だ。

この程度の魔物を相手に二人がかりで戦っているようではお話にならない。

その点、同じ『クラス11』のロイターはだいぶ格が違う。

彼は洞窟の中を高速の踏み込みで駆け巡りながら、次々と魔物を両断していく。

『クラス10』二人が倒す魔物の数は、彼に比べれば誤差のようなもの。

ちなみに『クラス10』のもう一人は回復役なので、魔物討伐に参加することはない。

私は他人を回復する魔法が苦手――というか練習する機会がないため、一応ということで『クラス10』の聖女ノエルが編成された。

もっとも……いくら回復魔法に長《た》けていようとも、私やロイターが重傷を負うような状況で彼女が生き残っているとは思えないので、あまり意味はない気がする。

せいぜい他の『クラス10』がヘマをして怪我《けが》でも負った時に役立つ程度かな。

「くそ、面倒くせえな」

ワラワラと湧《わ》いてくる魔物を見て、ロイターがそう呟《つぶや》いた。

同感だ。面倒くさい。

私とロイターの二人であれば、このレベルの魔物など無視して先に進める。

無視した魔物に後ろから急襲されようと、何の障害にもならないから。

『クラス10』なんかがいるから、こんな場所で戦う羽目になる。

そんなことを考えていると、洞窟の奥から魔物の群れが現れた。数は――100匹近い。

これは他の人に任せていたら、かなり時間がかかりそう。

「下がってください」

私がそう告げると、『クラス10』の3人が慌《あわ》てて後ろに下がった。

ロイターだけは移動しなかったが、特に問題はない。

彼なら巻き込んだところで、大した怪我は負わないだろうし。

「クォンタム・エクスプロージョン」

私は魔物の群れに向けて、元素系爆発《ばくはつ》魔法を撃ち込む。

轟音《ごうおん》とともに起こった爆発は、魔物の群れを一撃で滅ぼした。


それにしても、魔物の数が多い。

このクラスの魔物なら、私たちにとって脅威だというわけではない。

だが『災害級』などと呼ばれるだけあって、一般的にはかなり珍しい——1体現れただけでも地域全体に警戒情報が出回るレベルの魔物だ。

それが大量に出てくるような環境を『作った』とすれば、この奥にいる悪竜リメインの力は凄《すさ》まじいものだということになる。


「凄い、あの数を一撃で……！」

「こんな魔法を一瞬で撃てるって……クラス11は格が違いすぎますね……」

「……もう、ユリルとロイターだけいればいいんじゃないか？」

私の魔法を見て、『クラス10』たちが感嘆の声を漏《も》らす。

最後の声には同感だ。私とロイターだけいれば十分だ。

ロイターだけは『クラス11』だけあって、私が大魔法を発動するまでの時間稼ぎに使えるか

もしれないけど……『クラス10』たちでは時間稼ぎにすらならないだろう。

『クラス10』なんか連れてくるんじゃなかったと、しみじみ思う。

王国が強く要請してきたため、仕方なく連れてきたのだが……無理にでも反対すべきだった。

私とロイター二人で勝てない相手なら、『クラス10』を3人足したくらいで勝てるわけがない。

私たちだけで勝てる相手だとしても、足手まといを守りながら戦えるような相手だとは限らない。そうではない可能性の方が高い気がする。

要するに、彼らは無駄死にだ。

運よく生き残ったとしても、彼らは時間を無駄にしただけ。

いずれにしろ、彼らが可哀想だ。

身の丈に合わない戦場なんかに来なければ、『普通に優秀な』魔法戦闘師として普通の暮らしができたのに。

「……クラス8がこの数。嫌な予感がするな。撤退を提案したい」

「でも、引き返せる立場じゃないんですよね……王国から直接依頼を受けた身としては」

魔物の数を見て、クラス10たちがそう相談を始めた。

彼らは弱いが、現状認識は正しくできているらしい。

「大丈夫。きっと神様の御加護が――」

「大丈夫です。このパーティーには、私がいますから」

戦場では神などあてにならない。

頼れるのは、力だけだ。

そのことは嫌ほど知っている。

だからこそ今まで私は、ひたすら強さを求めて戦ってきた。

そしてこれからも、私は同じことをするだろう。

私の『目的』を果たすためには、まだまだ力が必要なのだから。

「あなたたちは引き返した方がいいかもしれません。死にますよ」

いま逃げたとすれば、王国内での彼らの立場は多少なりとも悪化することだろう。

だが、死ぬよりはずっとマシだ。

『クラス10』だって貴重な戦力なので、そこまで厳しい処分は下らないはずだ。

「いいえ、俺《おれ》たちも行きます」

「依頼を引き受けた以上、義務がありますから」

愚《おろ》かだ。

だが一度言って分からない者を説得して追い返すほど、私は暇《ひま》じゃない。

今はせいぜい、愚かな彼らが運よく生き残れることを祈ろう。

Senmetsumadou no Saikyokenja

第四章

chapter4

Side of ユリル

それから数十分後。

私たち5人は、無事に悪竜の元へとたどり着いていた。

今の所、全員無事だ。

だが目の前にいる敵を見れば分かる。帰るときには間違いなく、何人か減っているだろう。

あるいは、私を含めて全員が死ぬことになるかもしれない。

「まさか人間の姿とは……俺《おれ》たちも舐《な》められたもんだな」

人化した状態で私たちに相対する邪竜《じゃりゅう》リメインを見て、カイトがそう呟《つぶや》いた。

愚《おろ》かだ。

確かに通説では、人の姿をとったドラゴンは元々の姿より弱い……ということになっている。

何しろ、ドラゴンにとって最強の切り札たる【竜の息吹《いぶき》】は、人の姿では使えないのだから。

だが私は、本当に強いドラゴンなら人の姿のほうが強いと思う。

竜の姿は強力な攻撃を放てるが、小回りの利《き》く通常の魔法は使えない。

体が大きいからこそ、攻撃も当たりやすい。

多数の雑魚《ざこ》を殲滅《せんめつ》するには【竜の息吹】のほうが便利だが、私のような強者と戦う時には人の姿のほうが向いているはず。

それを分かってこの姿をとっているなら、目の前にいるドラゴンはかなり頭がいい。

ただ力が強くて強力な攻撃を持っているだけの、普通の竜とは訳が違うと思ったほうがいいだろう。

そう考えていると、邪竜リメインが口を開いた。

「ふむ……侮《あなど》っている。そう思うか？」

そんな言葉とともに、リメインの手から一筋の光が走った。
光はカイトの右胸を貫通し、ぽっかりとした穴を開けた。

「……え？」

呆然《ぼうぜん》とした声とともに、カイトが地面に倒れ込む。
それを見てノエルが駆け寄ろうとした。

「カイトさん！」

「治癒術師か。お前も邪魔《じゃま》だな」

同じ光がもう一度放たれ、今度はノエルが貫かれた。
私はそれを見て、光の正体を理解した。

――【射光《しゃこう》】。

極《きわ》めて低威力ながら、発動と弾速が速い攻撃魔法だ。
一般的な魔法使いの場合、【射光】では小動物さえ殺せない。虫を殺すのが精一杯だ。
私の場合はもう少し威力を出せるけど……それでもネズミが精一杯といったところか。
だがリメインの【射光】は、人間を殺せる。
それだけ、彼の魔力は強いということなのだろう。
これは驚異的——というかもはや反則だ。
【射光】は、見てから避けられるような魔法ではないのだから。
「……【簡易結界】！」
私は魔法の正体を理解すると、低級結界魔法の【簡易結界】を発動した。
低級な結界でも、私が使えばそれなりの強度になる。
あえて低級な魔法を選んだのは、急いで発動しなければ手遅れになると思ったからだ。
そして、私の判断は正しかった。

【簡易結界】の発動直後、【射光】が私に向かって放たれ、結界によって弾《はじ》かれた。
もし強力な結界魔法を使おうとしていたら、発動の前に私は死んでいたことだろう。

「防いだか」

そう呟きながらリメインはもう一度【射光】を放ち、弓魔法師のバイルズを射抜いた。

これでクラス10は全滅。全員致命傷だ。即死と言っていい。
高位の治癒術師でも、死体は回復できない。可哀想《かわいそう》に。
今の【射光】の威力を見る限り、私たちにとっても他人事ではないが。

「最後はお前だな」

リメインは最後のターゲットとなったロイターに【射光】を放つ。
ロイターも【射光】を避けることはできなかった。
【射光】は彼の左胸に命中し、血が噴き出す。

だがロイターは倒れなかった。

その傷口は、見る間に治っていく。

「……いてえな」

いくら邪竜リメインといえども、【射光】の威力でロイターは殺せないらしい。

彼の体は、常に一種の防御魔法をまとっているようなものだ。

「ロイター、作戦Bで行きます」

敵に悟《さと》られずに作戦を伝えるために、私たちはいくつかのパターンを事前に定めている。

作戦Bはその一つ——『ロイターが時間を稼ぎ、私が高威力魔法を撃ち込む』というもの。

「任せろ！」

そう言ってロイターは強烈な踏み込みで、一瞬にしてリメインまでの距離を詰め、剣を振るった。

速い。
並の剣士であれば、自分が斬《き》られたことにすら気付かずに死ぬだろう。
だがリメインは余裕すら感じる動きで、その一撃を弾いた。

「ふむ……近接系か。では私も、剣で応戦してやるとしよう」

気付けばリメインは、右手に剣を握っていた。
彼の魔力を見る限り──得意分野は魔法のはず。
にもかかわらず剣を使うというのは……舐められているのかもしれない。

好都合だ。
できれば、油断してくれている間に勝負を決めたいな。
私はそう思案しながら、魔法を構築し始める。

【メテオ・フォール】という魔法がある。
空から隕石《いんせき》を降らせ、その力と熱によって広範囲を焼き払う魔法だ。

高威力で使い勝手のいい魔法ということで、世間で『上級魔法師』と呼ばれる連中が好んで使っている。

だが、あんな魔法が目の前にいる竜に効くとは思えない。
私が使うのはその上位魔法——【コメット・フォール】。
国内でも4人しか使える者がいないと言われる、戦術級攻撃魔法だ。

だが、この『国内で4人しか使えない』という表現は正確ではない。
この魔法を本当の意味で『使える』者は、私だけだ。

他の3人の【コメット・フォール】は、私のそれとは比べ物にならないほど弱い。
構築にも時間がかかりすぎて、とても実戦的とはいえない。
『使える』というよりは『なんとか発動できる』と言ったほうが正しいだろう。

「速い——が、読みやすい剣だ」

ロイターの剣を受け流しながら、リメインはそう呟く。

――ロイターは100人いれば100人が認める、マイルズ王国最強の剣士だ。
その彼の剣をあっさり受け流すとは――この竜、剣術も化け物級だ。

だが、彼の剣は目的を達成した。
魔法の構築が完了したのだ。

私は手に持った杖《つえ》を地面に突き立て、軽い音を鳴らした。
それを合図に、ロイターが私の元へと飛び退く。
私が防御魔法を発動するのと同時に、爆炎が視界を支配した。
洞窟《どうくつ》の中だと【コメット・フォール】の隕石は視認できない。
ただ着弾の際の爆風が吹き荒れ、破壊を撒《ま》き散らすだけだ。

周囲の状況は分からない。
探知魔法は魔力嵐《あらし》の影響で意味をなさず、視界は炎と煙で完全に閉ざされている。
永遠にも感じられる数秒間を、私は待った。

そして煙が晴れ、周囲の状況が分かるようになってきた。

洞窟だったはずの戦場は破壊しつくされ、ただの平地になっている。

草木などの可燃物は全《すべ》て焼き尽くされ、周囲には荒涼とした荒れ地が広がっていた。

そんな中――無傷のリメインが、【コメット・フォール】発動前と全く変わらない位置に立っていた。

「……【コメット・フォール】か。我にその程度の魔法が効くと思ったか?」

「思っていませんよ」

嘘《うそ》だ。

倒せるとは思っていなかった。

だが、この私の【コメット・フォール】が全く効かないというのはさすがに予想外だ。

その動揺を悟らせるのは、得策ではない。

焦《あせ》りを正直に見せてしまうのは、雑魚がやること。

自分の考えを相手に悟らせるべきではない。

これは知能を持つ相手との戦いでの基本。

いずれにしろ、私がやることは変わらない。

今まで通り、力でねじ伏せるだけだ。


一度目の【コメット・フォール】は、洞窟を破壊するために威力の一部を消費した。

だが、ここはもう平地だ。私の魔法を遮《さえぎ》るものはない。

そして次の魔法は、すでに構築を始めている。


──【スター・フォール】。

現在の世界では最上級の魔法に分類される【コメット・フォール】の、さらに上位の攻撃魔法。

複雑すぎる術式と過大な魔力消費、そして術者自身の安全すら保証されない威力に『使いみちがない』とされていた魔法だ。


この魔法を発動できる魔法使いは、国内にたった一人──私だけだ。

当然、私ですらこの魔法の発動には時間がかかる。

その時間は、ロイターに稼いでもらうしかない。

「さあ、続きといこうか！」


そう言ってロイターは、リメインに向かっていく。

今度は、少しばかり長い時間を稼いでもらう必要がある。

次に発動する魔法は、構築にとても時間がかかるから。


「そのような読みやすい剣、何度振っても同じだ」

「それはどうだろうな？」


リメインはロイターが剣を振るう前から、それを剣で受ける体勢を整えていた。

ロイターはそれを意に介さず、まっすぐ剣を振るう。

そして金属がぶつかり合う甲高《かんだか》い音が鳴り響き――リメインの剣は真《ま》っ二《ぷた》つに折られ宙を舞った。


「読めたから何だっていうんだよ」

――ロイター流剣術【閃撃《せんげき》】。

無数の強化魔法を剣に乗せ、その威力を極限まで強化する術式だ。

彼の持つ第四紋の特性と、放出系魔法を捨てて近接魔法に特化した鍛錬《たんれん》があって初めて、あんな真似《まね》が可能になる。


「ほう？」


剣を折られたにもかかわらず、邪竜リメインはわずかに驚きを示しただけだった。

そしてロイターの剣がリメインの首に吸い込まれ――あっさりと弾かれた。


「防御魔法……いや結界か」

「ご明察《めいさつ》だ」


リメインの首元に、小さな結界魔法が展開されていた。

ロイターの剣を弾ける強度からして、あらかじめ準備していた術式だろう。

弱点に結界を展開しておくのは、剣士と戦う際の常套《じょうとう》手段だ。

「いいぜ。ここまで戦いがいのある相手は久しぶりだ」

ロイターは剣を投げ捨て、腰に差した新たな剣を抜く。
予備の剣なら魔法収納に大量にしまわれている。
投げ捨てられた剣は、地面に当たると同時に砕《くだ》け散った。

彼の剣術は、武器にかける負荷がとても大きい。
いくらアダマンタイト合金製の剣でも、彼の全力には耐えられない。
だから彼は大量の剣を持ち歩き、次々と使い捨てるスタイルを取るのだ。

「ロイター流剣術──【閃撃】！　──【絶連撃《ぜつれんげき》】！」

彼は次々と剣を使い捨てながら、強力な剣術を連発する。
それに対してリメインは、次々と防御魔法を展開していく。
その様子には、余裕があるように見えた。

だからこそ、私は疑問を抱く。

（おかしい……なぜ邪竜リメインは動かないの？）

【スター・フォール】ほどの規模の魔法となると、構築中にすら膨大な量の魔力が撒き散らされることになる。

たとえ魔法名を宣言せずとも、私がどんな魔法を使おうとしているかは分かるはず。

にもかかわらずリメインは、私を止めようとする素振《そぶ》りすら見せない。

ただ目の前のロイターの攻撃に対し結界を連続展開し、対応を続けるだけだ。

（もしかして、ロイターへの対処で精一杯？）

先ほど私は【コメット・フォール】が効かなかったことに対する驚きを隠し、余裕があるふりをした。

リメインも同じように、虚勢《きょせい》を張っている可能性はある。

いや、むしろその可能性は高い。

何しろ私とロイターは、国内最強——世界でも有数の魔法戦闘師なのだ。

その二人を相手にして余裕を保てるなど、冷静に考えてあるはずがない。


（これなら倒せるかも……少なくとも、逃げることはできそうかな）

実のところ——敵の姿を見た時点で、撤退は選択肢に入っていた。
それを実行に移さなかったのは、周囲一帯に強力な転移阻害《そがい》が展開されているからだ。

この魔法は邪竜リメインが自身の魔力で展開し続けているものだ。

よほどの力量差がなければ、このタイプの転移阻害は破壊できない。

だがそれは同時に、リメインは転移阻害を維持するために魔力と魔法制御力を消費し続けることを意味する。

転移阻害はかなり広範囲にわたって展開されているので、必要となる魔法的リソースは大きいはずだ。


今もリメインはロイターへの対処に手一杯で、私を止める余裕はないように見える。

この状態で【スター・フォール】を受ければ——即死とはいかないまでも、転移阻害を維持し続ける余裕は奪えるはず。

などと計算を働かせながら私は体内に残る魔力をかき集め、複雑極まりない魔法を組み上げていく。


そして、魔法が組み上がった。


今度はロイターに退避を促《うなが》す合図をする必要もない。

――空が暗くなった。それが発動の合図だ。

あまりに巨大な隕石が、日光を遮《さえぎ》ったのだ。


リメインが結界魔法を使おうとするが、もう遅い。

その非現実的なまでの火力は、専用の結界魔法以外で防げるものではない。

私がこの【スター・フォール】の威力から自分たちの身を守るために、何年もかけて専用魔法を開発したくらいなのだから。


この魔法があってなお、【スター・フォール】の威力を完全に防ぐことはできない。

だから私は地面に伏せて、衝撃に耐える姿勢を取る。

だが——衝撃は、来なかった。

轟音《ごうおん》が鳴り響く。

私の目の前ではなく、はるか上空から。

私が上を見ると、そこには1枚の結界が展開されていた。

見た目はなんの変哲《へんてつ》もない、薄っぺらな結界だ。

だが術式の構成から、私はそれが何であるかを一瞬で理解した。

「……虚空《こくう》、結界……？」

【虚空結界】。

対象となる空間そのものを変質させることによって、あらゆる攻撃を封じる魔法だ。

私たちの頭上には、そんな結界が展開されていた。

無意識に出た言葉が疑問形なのは、私でさえ【虚空結界】の実物を見たことはないからだ。

結界魔法の最高峰と呼ばれるこの魔法は、現在の人類全体でも一人しか使えないと言われている。

「ご明察だ。よく知っているな。さて……気は済んだか？」

顔から血の気が引いていくのを感じる。

まさか目の前にいる竜は、転移阻害を維持したまま【虚空結界】の発動に成功したというのか。

だとしたら、勝ち目など100パーセントない。生き残ることすら不可能だ。

（逃げなきゃ。逃げなきゃ逃げなきゃ逃げなきゃ……！）

それでも私は、必死に事態を打開する手段を探す。

だが、見つからない。

転移阻害の範囲から出ることさえできれば、魔法で逃げられる。

だが転移阻害は広域に展開されていて、とても移動系の魔法で抜け出せるような距離ではない。

【射光】で人を殺せるような敵が、飛行魔法を撃ち落とす手段を持っていないはずもない。

それでも私は、少しでも可能性のある方に賭《か》ける。

「……作戦Eを宣言します」

私はロイターに向かって、そう呟いた。
作戦Eが意味するところは、討伐《とうばつ》を放棄しての撤退。
ロイターと二人で別方向に逃げれば、片方は逃げられるかもしれない。
その可能性が限りなくゼロに近いことは、とっくに理解しているのだが。

「なんで逃げるんだ？　勝てるだろ」

しかしロイターから返ってきた言葉は、絶望に満ちたものだった。
状況把握ができていない――というか目の前の状況から、目をそらしている。
（うわ。ロイターまで壊れた……もう終わりだぁ……）
私は自分の運命を呪った。

まさかロイターがこのタイミングで『壊れて』しまうとは。

確かに、戦場でプレッシャーのあまり精神をやられ、『壊れて』しまう者は珍しくない。だがそれは、さほど場数を踏んでいない者たちの話だ。

クラス11はもちろん、クラス9以上が『壊れた』話など聞いたことがない。どうやら今日の私は、よほど運が悪いらしい。

「どうやって勝つっていうんですか⁉　【スター・フォール】も効かない相手に！」

「そりゃ援軍だよ。さっき呼んでおいたからな」

そう言ってロイターは、古ぼけた魔道具を私に見せた。

通信系の魔道具のように見えるが、初めて見る形だ。

素材などを見る限り、作られてから１００年以上は経《た》っているだろう。まともに機能するかどうかすら怪しい。

転移阻害は当然、外からの転移魔法も遮断《しゃだん》する。

つまり援軍が転移魔法でたどり着けるのは結界の外まで。そこから先は自力で踏破《とうは》しなければばならない。

コメット・フォールで開けた穴は虚空結界で塞《ふさ》がれたままなので、直接跳び降りるのも不可能だ。

どう考えても間に合わない。

仮に間に合ったとして、それが何だというのか。

誰《だれ》が来たところで、まとめて返《かえ》り討《う》ちにあうだけだ。

「安心しろ。時間稼ぎは俺の役目だ！」

そう言ってロイターは、果敢《かかん》にリメインの元へ突っ込んでいく。

自殺行為にしか見えない。

「おらあああぁぁ！」

ロイターは先ほどまでを上回る勢いで、猛然と剣を振り回す。

剣に宿る魔力も強化され、リメインは対処に追われる。

これは言わば、捨て身の全力。

魔力回路や体にかかる負荷を度外視して、ただ目の前の火力だけを追い求める動きだ。

だが、そんなものが続くわけもない。

剣が砕け散ったタイミングで──ロイターの動きが鈍《にぶ》った。

無理に無理を重ねた体が、限界を迎えたのだ。


「くっ……動け、動けよ……!」


ロイターは震える手を動かし、次の剣を取り出そうとする。

だが、その動きは明らかに魔法戦闘師のものではなかった。

まるで一般人のような、のろのろとした動きだ。

致命的な隙《すき》を、リメインが見逃すはずもない。

「終わりか。人間風情《ふぜい》にしては、よくもったほうだな」

リメインの剣が振るわれ、ロイターは胴体を真っ二つに切断された。

（ああ、終わった……）

今考えてみれば、ロイターがリメインと戦っている間に逃げるべきだったのかもしれない。
だが、逃げられるビジョンが全く浮かばなかった。

「さて、次はお前だな」

そんな言葉とともに、リメインが一気に私との距離を詰める。
私はとっさに結界魔法を展開したが、【スター・フォール】で魔力を使い果たした状態で強力な結界魔法が張れる訳がない。
リメインが無造作に蹴《け》りを放つと、私は結界もろとも吹き飛ばされた。

「あぐっ……！」

立ち上がろうとすると、体中に鈍い痛みが走った。

肋骨《ろっこつ》が何本か折れたのだろう。

痛みには慣れている。

だが今までの痛みと違うのは、打開策が何もないことだ。

出口があるとすれば、それは死しかない。


そう考える中で、一つの疑問がよぎった。

リメインにとって私が先ほど張った結界など、ないも同然のはず。

他の魔法を使えば――いや、蹴りを水平ではなく踏み下ろすような形に変えるだけで、簡単に殺せたはずだ。


だったらなぜ、私はまだ死んでいないんだろう。

その答えは、リメインの次の言葉で分かった。


「なぜ『力』を使わない？」

こいつは私の持つ力について知っている。

当然だ。こいつが持つ力は、私と同質のものなのだから。

だからこそ私は、王国の依頼を受けた。

だが――あの『力』は、今は使えない。

使わないのではなく、使えないのだ。

もっとも仮に使えたところで、リメインに勝てるとは思えないが。

私は無駄な抵抗だと分かりながらも【簡易結界】を展開し、自分の身を守ろうとする。

リメインが私の方に歩いてくる音が聞こえる。

それに続いて、何かが砕け散るような音が聞こえた。


(ここまでか……)


心のなかでそう呟きながら、私は目を閉じようとする。

だがそこで私は、違和感を覚えた。

リメインには遠く及《およ》ばないながらも、私は高位の魔法使いだ。国内では最強と言っていい。

そんな私が、自分の張った結界が壊れる感覚に気付かないわけがない。
だが結界が壊れた感覚が、いつまで経っても来ないのだ。

なら、割れたのは一体何なのだろう。
疑問を覚えた私は、ゆっくりと顔を上げる。

そこには先ほどまでいなかったはずの、二人組が立っていた。

一人の男と、少女の姿をした竜だ。
どちらも見たことのない顔だ。
男のほうはどこかで似た顔を見たような気もするが、思い出せない。

男は邪竜リメインを見ていた。
だが、彼の表情に恐れはない。
彼はただ、つまらなそうな顔をしている。

そして彼は表情と同じように、つまらなそうな声で呟いた。

「……ああ、またハズレか」


訳が分からない。

ハズレとはなんだろうか。

なぜ彼は、つまらなそうな顔をしているのだろうか。

だが、もっと分からないことが一つある。
私の直感が正しければ——男のほうは、リメインより圧倒的に強い。

リメインはたしかに強いが、『どのくらい強いか』は何となく分かる。

私一人では勝てないが、100人いれば恐らく勝てるだろう。


だが目の前にいる男に関しては——どれほど強いのかさえ分からない。

私が1000人いれば勝てるのか、1万人いれば勝てるのか——それとも何人いようとも勝てないのか、それすら分からない。

それほどまでに、格が違いすぎる。

分かることはただ一つだけ。

彼が敵なら、私は確実に死ぬ。
そして彼が味方なら、私は生き残ったということだ。

Senmetsumadou no Saikyokenja

第五章

chapter 5

（ああ、やっぱりハズレか）

目の前にいる敵を見て、俺《おれ》は心底がっかりしていた。
久しぶりに『魔物通知装置』が鳴ったから来てみたが、いたのはただの竜だけ。
今の力でいえばイリスよりは強いだろうが、伸びしろはあまりなさそうだ。

人間の姿で戦っているが……ただ、それだけだ。
これより強い竜なら、今までに何匹も倒してきた。
今更こんな竜が出てきても、面白《おもしろ》くもなんともない。

「……貴様、どこから出てきた？　転移阻害をかけていたはずだが」
「転移阻害？　……ああ、そんなの張っていたのか」

言われてみると転移魔法を構築する時、少しだけ抵抗のようなものを感じたな。
あれは転移阻害だったのか。

しかし、転移阻害を使う竜というのは少し面白いな。
竜は基本的に複雑な魔法が苦手なはずなのだが。
もしかしたら力はさほど強くないが、特殊な能力を持った竜なのかもしれない。
そう考えて俺は、竜の魔力をよく観察してみる。

……ごく僅《わず》かに、初めて見る魔力パターンのようなものがあるようだ。
いや、これは……。

(もしかして、【理外の術】か？)

【理外の術】。
宇宙の魔物が持つ、既存の魔法理論を超えた力。
それを魔法で直接探知するのは難しいが、異常な力はどこかに歪《ゆが》みを生むものだ。
竜の魔力には、そんな歪みがあるように思えた。

だが、この竜自身が宇宙の魔物だという可能性は低い。

それにしては力が弱すぎるからだ。

力の歪みもごく小さいため、何らかの影響で【理外の術】の影響を受けた……とだけ考えるべきだろう。

問題はこの竜が、どこにその影響を受けているかだ。

転移阻害はそれなりに複雑だが、竜に使えない魔法というわけではない。

だが、地上には【虚空《こくう》結界】が展開された痕跡《こんせき》がある。

これが竜のものだとしたら、目の前のドラゴンは通常ではありえない魔法制御力を持っていることになる。

そう思案していると……竜が魔法を発動した。

転移阻害だ。

「なぜここに入ってこられたのかはわからんが……もう逃げられんぞ」

そう言って竜は、獲物を見るような目つきで俺を眺める。

だが……展開された転移阻害魔法は、とても残念なものだった。

一応は『維持型』なので、最低限の破壊耐性は備えている。

恐らく、一般的な空間干渉破壊術式では壊せないだろう。

しかし術式構成そのものがやや乱雑なので、簡単に破壊術式が組めてしまう。

それどころか俺がここに来たときと同じように転移魔法を発動し、魔法による抵抗をねじ伏せるだけでも壊せてしまう脆弱《ぜいじゃく》な結界だ。

試しにやってみるか。

「えーと……こんな感じか？」

俺は適当に破壊術式を組んで、発動してみた。

するとガラスが砕《くだ》け散るような音とともに、転移阻害が破壊される。

「……は？」

転移阻害が壊れたのを見て、竜が間抜けな声を上げる。

うーん。

【理外の術】の気配を感じる以外は、特に見どころのない竜だな。

この感じでは、恐らく生かして【理外の術】について教えてもらうのも難しいだろう。

だが……この竜が実は力を隠しているという可能性もある。

その場合、力を引き出すのは簡単だ。

使わざるを得ない状況に追い込めばいいのだ。

問題は、こいつをどうやって危機に追い込むかだが……。

そういえば、島を沈める時に使った『メテオ・コア』の予備が1個、まだ空に浮いていたな。

アレは別に使わないので、実験用に消費してしまうか。

「10秒待ってやる。死にたくなければ守りを固めろ。──【メテオ・フォール】」

俺の魔法構築は、基本的に遅い。

それは俺が持つ紋章《もんしょう》が、第一紋と呼ばれるものだからだ。

魔法発動速度に優れる第三紋の魔法使いの場合、【メテオ・フォール】の構築には0・1秒とかからない。

第二紋であっても、せいぜい0・2秒だ。

だが俺の場合どうあがいても0・5秒近くはかかる。

これは致命的なタイムラグだ。

1秒にも満たない差が、ハイレベルな戦闘では生死を分けることになる。

だが俺はあえて、ゆっくりと魔法を構築する。

目の前の竜に、全力で足掻《あが》いてほしいからだ。

そんな俺を竜は、あっけにとられたような表情で見る。

「馬鹿《ばか》め！　第一紋が敵の目の前で魔法を構築して間に合うわけがなかろう！」

そんな言葉とともに、攻撃魔法【崩壊魔力波《ほうかいまりょくは》】が放たれる。

人間の場合は第二紋でしか構築が不可能な、高威力魔法……うらやましいことだ。

俺が竜と同じ魔力回路を持っていたら、もっとマシな使い方ができただろうに。

心のなかでそう嘆きつつ俺は剣に魔法を付与し、【崩壊魔力波】を受け止める。

剣に当たった【崩壊魔力波】は、跡形《あとかた》もなく消滅した。


「……は？　一体何が起きた……？」


竜は困惑《こんわく》の表情を浮かべながら、次々と俺に魔法を撃ち込む。

【崩壊魔力波】【次元切断】【霊魂破壊《れいこんはかい》】そして【射光《しゃこう》】。

その全《すべ》てを俺は剣で弾《はじ》き、消滅させた。

もっとも【射光】に関しては、弾く必要もなかった気がするが。

彼はなぜ今の状況で、【射光】なんかを使ったんだろう。

「ど、どうして【射光】まで弾ける⁉　人間の神経で反応できる魔法ではないはずだ！」

「魔力の動きを見れば、飛んでくるタイミングと場所くらいは予想できる。弾けないわけもない」

なるほど。
どうやら目の前にいる竜は、せめて俺に攻撃を一撃当てたかったらしい。
だが、それにしても今の【射光】はお粗末《そまつ》だ。
当てるつもりがあるなら、せめて発動前の魔力くらいは隠すべきだ。

「3、2、1……」

俺は竜の魔法を片っ端から打ち消しながら、カウントダウンを進める。
術式はゆっくりと組み上がり、上空にある『メテオ・コア』と接続される。

「メ、【メテオ・フォール】ごときで我を倒せると思うな！」

どうやら竜もようやく危機感を覚えたようで、防御魔法を構築し始める。
だが……構築された魔法は、至ってつまらないものだった。

――【虚空結界】。

ただ空間を歪め、攻撃の威力を別次元に逃がすだけの結界魔法だ。

別次元というのは万能のように見えて、実は非常にもろい。

術式の弱点を突くような術式を攻撃魔法に付与するだけで、簡単に破れてしまう。

【虚空結界】は対物理攻撃用の術式としてはそれなりに優秀だが、魔法戦闘を分かっている者を相手にこんなものを使えば一瞬で破られて当然だろう。

使うとしても、対策を取られないタイミング――つまり着弾直前などに発動させるものだ。

それとも、何か奥の手でも隠し持っているのだろうか?

などと思案しつつ俺は、【メテオ・フォール】を発動させる。

落下する隕石《いんせき》は『メテオ・コア』の支援を受けて加速し――【虚空結界】を紙のように突き破った。

今回の【メテオ・フォール】は周囲を巻き込まず敵を倒すために、特性に変更を加えている。

具体的には、隕石本体を極限まで圧縮することによって空気抵抗を小さくし、貫通力と速度を上げたのだ。

その落下は肉眼で視認できるようなものではないため、見た目ではただの光の線にしか見えないだろう。

光の線が消え去った後、そこにあったのは隕石と同じ大きさの、とても深い穴だけだった。

ドラゴンは自分が死んだことを自覚する暇《ひま》すらなく、跡形もなく消滅した。

結局最後まで、【理外の術】らしき反応はなかったわけだ。

第六章 chapter 6

「……つまらん」

俺《おれ》はそう呟《つぶや》いて、物体を引き寄せる魔法を発動した。

すると穴の底から、一つの赤黒い石が出てきた。

これは死んだドラゴンに入っていた『竜殺しの石』だ。

【理外の術】の影響が残っているようで、その形は奇妙に歪《ゆが》んでいた。

ドラゴン自身はつまらないものだったが……この石には使いみちがあるかもしれない。

魔法と違って【理外の術】には共通点が少ないため、これの性質を調べるには研究が必要だろうが。

などと思案していると、背後から声が聞こえた。

「め、【メテオ・フォール】……？　あれが……？」

俺が振り返ると、そこには一人の女魔法使いがいた。

恐らく魔道具で俺を呼んだ者か、その仲間だろう。

「ああ。【メテオ・フォール】だ」

「わ、私が知ってる【メテオ・フォール】と、全然違う……！　私の【スター・フォール】でも破れなかった結界なのに……！」

女魔法使いは困惑《こんわく》と期待の入り混じったような様子で、そう呟く。

そういえば地上に【スター・フォール】を使ったような痕跡《こんせき》があるな。

状況から考えると、これを使ったのはあの魔法使いだろう。

魔物は外れだったが、仲間探しとしては当たりかもしれない。

まがりなりにも【スター・フォール】が発動できるというのは、才能ある魔法使いの証《あかし》だ。

紋章《もんしょう》は高威力魔法への適性が高い第二紋――うらやましいことである。

だが、この魔法使いが特別なのはそこではない。

彼女の体からは【理外の術】の痕跡を感じる。

先ほど倒した竜と同系統の――しかし、竜よりも強い力だ。


ここは慎重な交渉が必要だろう。

彼女が【理外の術】を得た方法を知れば、俺自身を強化する方法も見つかるかもしれない。

紋章の関係で『魔法による成長』が見込めない俺にとって、【理外の術】は強くなるための唯一とも言っていい手段なのだから。


「【メテオ・フォール】に興味があるのか？」


交渉を始めるにはまず、相手が求めていることを把握するのが先決だ。

できれば仲間になってもらいたいところだが……最悪、【理外の術】に関して教えてくれるだけでもいい。

交渉材料を引き出さなければ。


「いいえ」

だが、返って来た答えは否定《ひてい》だった。

どうやら『メテオ・コア』は交渉材料にならないようだ。

彼女が欲しがるなら、いくつか作ってもいいと思っていたのだが。

「私が興味を持っているのは【メテオ・フォール】ではなく……あなたにです」

「……俺に？」

俺に興味を持つとは、珍しい者もいたものだな。

まあ、交渉材料になるのであれば何でもいいが。

「はい。あなたの紋章は第一紋――失礼な言い方になりますが、戦闘では使い物にならない紋章のはずです」

「事実だな。失礼でもなんでもない」

「だとしたら……あなたはなぜそんなに強いんですか？」

そう言って彼女は、俺の【メテオ・フォール】が落ちた場所を見つめる。

なるほど、強さに対する興味か。

だが、一言で答えるのは難しい質問だな。

「鍛錬《たんれん》と工夫を重ねたからだ。説明はなかなか難しいが……」

「その方法、教えてください！　何でもします！」

そう言ってユリルが、俺に頭を下げる。

初対面の人間に、いきなり強くなる方法を尋ねるのか。

このなりふり構わない感じ……何か事情がありそうだな。

「強くなりたいのはなぜだ？」

「倒したい……いえ、殺したい相手がいるんです」

殺したい相手がいるから強くなりたい……か。

ある意味、俺と似たようなものだな。

もしかしたら彼女とは気が合うかもしれない。

そんなことを考えつつ、俺は尋ねる。

「その強くなりたい理由は、お前が身につけている【理外の術】に関係するものか？」

「……はい。私が殺したいのは、私にこの力を与えた組織の上層部です。しかし、なぜ私が【理外の術】を身につけていると分かったんですか？」

「普通に、見れば分かるよな？」

　俺の言葉を聞いて彼女はあっけにとられたような顔をした。

「分からないと思いますけど……」

「いや、魔力の歪みで分かる。さっき倒した竜にも、同じような歪みがあったよな？」

　女魔法使いが、信じられないようなものを見るような表情に変わっていく。

　どうやら本当に、【理外の術】を見破られたのは予想外だったようだ。

　俺が人間社会を一度離れてから、もう100年以上も経《た》っている。

【理外の術】を見分けるのはそう難しくないので、技術くらいは確立されていると思っていたのだが……意外と研究は進んでいないのだろうか。

いずれにしろ、彼女が【理外の術】について自覚していると分かったのは一つの収穫だな。

彼女が無意識に【理外の術】を取り込んでいたようなケースだと、その原因から探さねばならないところだった。


「分かった。強くなる方法を教えよう」

「……いいんですか？」

「ああ。ただし条件が二つある。それを呑《の》めるならだ」

「問題ありません」


まだ何も言わないうちから、彼女はそう答えた。

俺が変な条件を言ったら、どうするつもりだったのだろうか。

そんなことを考えつつも俺は、元々考えていた条件を出す。


「一つは……【理外の術】について教えてほしい。効果やデメリット、入手方法についてもだ」

「分かりました。口で説明するには複雑すぎるので……これをどうぞ」

そう言って女魔法使いは、収納魔法から1冊の本を取り出した。

タイトルは書かれていない、手書きの本だ。

著者名は……。


「ユリル・アーベントロート……？」

「私の名前です」


なるほど。自分で書いたというわけか。

これはなかなかありがたいな。自分で研究する手間が省ける。

まだこの【理外の術】が有用だとは限らないが、情報は大切だ。


「ありがたく読ませてもらおう。もう一つの条件だが……仲間になってほしい」

「仲間に……？」

「ああ。実はパーティーを組もうと思って、メンバーを探しているところだったんだ。強くなる方法も、その方が教えやすいしな」

見たところ、この魔法使い——ユリルの実力は高くない。

なんとか【スター・フォール】くらいは使えるようだが、まだまだ未熟だと言っていいだろう。

現状のままでは、全く戦力にならないはずだ。

だが、才能はある。

さらに言えば『強くなりたい』という意志そのものが、一種の才能だといえる。

全く才能のない俺でさえ、このくらいは戦えるようになったのだ。

才能がある魔法使いがまともな鍛錬を積めば、すぐに実力はつくに決まっている。

「分かりました。よろしくお願いします」

「ああ。よろしく頼む」

ユリルは俺の提案を断らなかった。

これで俺は、パーティーメンバーを得たという訳だ。

……昔はどんなに探しても仲間が現れなかったというのに、今日はツイているな。

「ところで……そこにいる竜の少女も、あなたのパーティーメンバーですか？」

「そうだ。さっき仲間になったところだ」

そういえば今の世界で、竜の扱いはどうなっているのだろう。

俺が国に所属していた頃は、竜と見れば即討伐《とうばつ》が基本だったのだが……。

そんなことを考えつつ俺は、イリスとユリルの初対面を見守る。

「ユリル・アーベントロートです。よろしくお願いします」

「イリスです！　ユリル……なんだか美味《おい》しそうな名前ですね！」

いや、人の名前を聞いて『美味しそう』っていうのはどうなんだ？

ドラゴンが言うと、冗談にならないんだが……。

少し補足しておくか。

「見ての通り、イリスは人間の常識に疎《うと》い。でもこれから覚えてもらうから安心してくれ」

「えっと……誰《だれ》が教えてあげるんですか？」

「俺だ」

「……な、なんだか嫌な予感が……」

ユリルが微妙な顔をしているが、何の問題があるのだろう。

人里離れた場所で研究をしていた俺だが、その前まではちゃんと人間の世界に溶け込んでいた。

問題なく常識を教えられるはずだ。

「ところで、なんと呼べばいいですか？」

……そういえば、俺の名前を伝えていなかったな。

100年も人里を離れていると、自己紹介の仕方も忘れてしまうものか。

まあ人間の世界にいた頃も、自己紹介する機会など少なかったのだが。

「俺はガイアスだ。よろしく頼む」

「ガイアス……？　もしかして、あの有名なガイアスさんですか⁉」

「有名と言われてもな。もう100年も人里を離れてるから、忘れられてるんじゃないか？」

100年前当時、俺は魔法戦闘師としてそれなりに有名だった。

理由はいくつかあるが、恐らく最も大きかった要因は高位ドラゴンの殲滅《せんめつ》だろう。

当時の世界では、ドラゴンによって街が滅んだり国が滅んだりという事件が日常茶飯事《にちじょうさはんじ》だった。

俺がドラゴンを狩り始めてからその脅威《きょうい》がなくなったらしく、一時期は毎日のように各国から感謝状が送られてきたものだ。

俺は別に世界を守ろうと思ってドラゴンを狩った訳ではなく、ただ丁度いい鍛錬相手としてドラゴン狩りをしていただけなのだが。

とはいえ国を味方につけることは、俺にとってもメリットがあった。

国家が持つ情報網は、個人のものよりはるかに強い。

俺はそのツテをフル活用して強敵に関する情報を集め、片っ端《かたっぱし》から狩って回った。

各国が俺に回すのは、国内の魔法戦闘師では手に負えないものばかりだったため、倒すたびに名声は上がっていった。

一時期は、俺を貴族にしようとする国もあったくらいだ。

だが、それも昔の話。

強力な魔物というのは、いくらでも湧《わ》いてくるものというわけではない。

いつしか人類の行動圏に住む強力な魔物は全滅し、俺への依頼は途絶えた。

そして俺自身はさらに強くなるべく、一人で研究や鍛錬を続けていたという訳だ。

高位魔法使いにとって100年はそう長い時間でもないが、一般人にとっての100年は長い。

というのも、不老魔法や若返りの魔法は他人にかけるのが難しいため、一般にはほとんど普及していないのだ。

当時生きていた人間はほとんど寿命で死に、俺を知る者はほとんどいなくなっていることだろう。

そう考えていたのだが……。

「100年前に失踪《しっそう》って……本人じゃないですか！」

どうやら俺の名前は、まだ知られていたようだ。

もう100年も姿を現していないのに、よく覚えているものだな……。

「ちなみに、どんな話が伝わってるんだ？」

「竜を滅ぼし、現在の人類の繁栄を築いた魔法使いだと……」

「滅ぼされる⁉」

俺の言葉を聞いて、イリスが怯《おび》えた顔で後ずさった。

そういえば、イリスもドラゴンだったな。

「俺がドラゴンを滅ぼして回っていたのは昔の話だ。最近は竜を殺してなんて……」

……ん？

考えてみると、イリスの情報を引き出す時に殺した気がするな。

とはいえ、昔に比べれば少ないほうだ。

確か、数は……。

「確か、100匹くらいだな」

「100年で100匹……ですか？　それでも十分多いような……」

「いや、今日の話だ」

「ヒィッ⁉」

イリスは物陰に隠れてしまった。

パーティーメンバーを殺す気なんて、全くないんだけどな……。

そもそもイリスの情報を聞き出すときには、1匹も殺す予定ではなかったのだ。

俺はあくまで平和的に、礼儀正しく、情報を尋ねにいっただけなのだから。

あいつらが不意打ちを仕掛けてこなければ、死者など出ることはなかった。


「1日で100匹……私たちは、たった1匹のドラゴンに殺されかけてたっていうのに……！」

「今日倒した中では、さっきの奴《やつ》が一番強かったけどな。ちょっと特殊なドラゴンだったから、中堅くらいのパーティーだと苦戦するのも仕方がない」


俺の言葉に、なぜかユリルはダメージを受けたような顔をした。

フォローしたつもりだったのだが……何か不都合があったのだろうか。

「あの……私たちは中堅じゃないです」

「そうなのか？」

「これでも一応、国内最強のパーティー……だと思います。自信なくなってきましたけど」

……マジか。

１００年も経てば、ユリルくらいの魔法使いが平均になっていると思ったのだが……どうやら、そうでもなかったようだ。

俺が書いた魔法書は、ちゃんと活用されていたのだろうか。

「俺が書いた本はどうなったんだ？」

「ガイアスさんが書いた本って……もしかして『魔法戦闘入門』のことですか？」

「ああ、それだ。『魔法戦闘応用』『魔法戦闘基礎理論』とかもだな」

俺は魔法学会に所属することなく、一人で魔法の研究を進めていた。

だが本来、研究とは大勢でやるべきものだ。

大勢のアイデアが集まることで研究は洗練される。

より強くなる方法が見つかる可能性も、少しは上がるはずだ。

そう考えて俺は、自分の魔法研究の内容を何冊かの本に分かりやすくまとめ、各国の研究機関に送りつけたのだ。

「えっと……その本ですけど、タイトルが間違ってますよね……？」

「……そうだったか？」

もしかして、文字を魔法転写するときにミスでもしただろうか。

一応、配る前にチェックしたはずなのだが。

「あれが『入門編』っていうのは絶対ウソです。私も読もうとしたけど、全然読めませんでしたもん」

「本当か……？　一応大陸標準語で書いてあるはずなんだが……」

「いや、大陸標準語なのは分かるんですけど、内容が全然わからないです。……国家魔法院の人たちは、書いてある内容を理解するための研究を進めているって話ですけど」

「……分かりやすく書いたつもりなんだが」


とはいえ、あの本は必要な内容を全《すべ》て書いてあるわけではない。

あまりに基礎的なことから書いていると、前置きだけで100冊や200冊になってしまう。

そのため、基礎的な部分は飛ばして書いていたのだ。

もしかしたらその中に、飛ばしてはいけない部分があったかもしれないな。

もし機会があったら、どこで引っかかっているのか聞いてみよう。

「書いた本が役に立たなかったってのは、ちょっと残念だな……」

「……本自体は、すごく役に立ってますけどね。人類にとって」

「読めない本が役に立つのか？」

「文章部分は無視して、書いてある魔法陣だけ使うんです」


なるほど。

確かに魔法陣をコピーするだけなら、内容を理解する必要はないな……。

それだと応用が利《き》かないから、あまり意味はないと思うのだが。

今の世界の魔法の状況に関しては、そのうち調べるとしよう。

まずは【理外の術】とパーティーの編成を優先したいところだが。

「まあ、本のことは一旦《いったん》置いておくとして……パーティーにはもう一人、第四紋が欲しいところだな」

第二紋は、高威力の魔法を放つのに向いている。

第三紋は、魔法の高速発動を得意とする。

どちらも強力な紋章だ。

だが最強の紋章が何かと問われたら、俺は間違いなく第四紋を選ぶだろう。

第四紋は威力と発動速度の両方で他の紋章全てを上回る、反則的とすら言える紋章だ。

射程の短さというデメリットがあるため、万能ではないが……パーティーに最低一人は欲しい。

とはいっても、誰を仲間にするかはすでに決まっているのだが。

昔の知り合いに一人、才能のある剣士がいた。

機会があれば誘おうと思っていた人間だ。

そして幸運なことに……彼はここにいる。

確か、名前は……ライターだ。


「よし、あと一人はライターにしよう」

「ライター……？　そういう名前の知り合いがいるんですか？」

「あれ？　パーティーメンバーじゃないのか？」

俺の言葉を聞いて、ユリルは首をかしげる。

それから少し考え込んで、俺に尋ねた。

「もしかして、ロイターですか……？」

「ああ、そうだ。ロイターだったな」

惜《お》しかった。1文字間違えていたようだ。

魔法関連のことはなかなか忘れないのだが、人の名前を覚えるのは苦手なんだよな。

そのための魔法でも作るべきだろうか。

「まさか、死者蘇生《そせい》まで使えるんですか⁉」

俺の言葉を聞いてユリルは、驚きの表情を浮かべた。

だが……俺にはユリルが言っている意味が分からない。

ライター……いやロイターと死者蘇生に、何の関係があるのだろうか。

「なんで死者蘇生が関係あるんだ？」

「ロイターは死にました。さっきの竜に――」

「いや、勝手に殺すなよ」

ユリルの言葉に、ロイターが割って入った。

それを見てユリルは、まるで幽霊でも目撃したかのような顔をする。

「ロイター……な、なんで生きてるんですか⁉」

「なんで言われてもな……胴体を切断されただけじゃねえか」

「それ、死んだって言いますよね？」


ふむ……。

人間とは、そういうものだっただろうか？

俺もなんどか胴体を切断された経験はあるが、死んだ覚えはない。


いや、もう一度冷静に考えてみよう。

人間の魔法回路の中心は心臓、制御回路の中心は脳だ。

この二つが生きていれば、基本的に人間は死なない。


胴体を切断されたということは、恐らく下半身を失った状態だろう。

その場合、上半身側に心臓と脳が両方とも残ることになる。

体を鍛《きた》えていない場合、出血多量などで死ぬ可能性もゼロとは言えないが、普通のケースで考えると……。


「普通、胴体を切断されたくらいじゃ人間は死なないよな……？」

うん。やっぱり死なないはずだ。

実例もいくつかあるので、間違いない。

「だろ⁉　さすがガイアス！　やっと分かってくれる奴が現れたぜ！」

俺の答えを聞いてロイターは、俺の肩をガッシリと摑《つか》んだ。

どうやら、仲間意識のようなものが芽生《めば》えたようだ。

「ってことで、俺もパーティーに入れてくれよ。実は結構行き詰まってたとこなんだ」

「分かった。よろしく頼む」

おお。

さっそくパーティーが完成してしまったぞ。

昔はどうあがいても2人パーティーさえまともに組めなかったのに……いい時代になったものだな。

そんなことを考えつつ周囲の魔力反応を見てみると、近くには死にかけの人間が3人いることが分かった。

ロイターとは違って、自力で起きることはできなさそうだな。

「……イリスさんに常識を教える役目は、私が引き受けた方がよさそうですね。っていうかこれ、私以外誰も常識を知らないんじゃ……？」

意気投合して肩を組む俺たちを見て、ユリルはそう呟いた。

常識……常識か。

言われてみれば、『やるべきこと』を一つ忘れていたな。

俺は常識人なので、そのくらいは分かる。

手の届く範囲に死にかけの人間がいたら、回復魔法を使うのが常識だ。

それを怠ったからユリルは、俺のことを常識知らず扱いしたのだろう。

「分かった。他の奴らも回復しておくか」

俺はそう呟いて、回復魔法を3度使用する。

すると3人の魔法戦闘師（恐らく、ユリルのパーティーメンバーだ）が、地面から立ち上がった。

それを見てユリルが叫《さけ》ぶ。

「なんでノエルたちが⁉　まさか、今度こそ本当に死者蘇生を……⁉」

どうやら地面から人が起き上がったのを見て、死者蘇生と勘違いしたらしい。

回復魔法が死者を復活させられないのは常識のはずなのだが……。

やはりパーティーの常識人担当は俺のようだな。

「……死者を回復できないのは、魔法使いの常識だよな？」

第七章

Senmetsumadou no Saikyokenja

chapter7

それから少し後。

魔法学における『死』の厳密な定義に関する話を終えた俺《おれ》たちは、さっそく会議を開いていた。

「これより第一回パーティー会議を始める。議題は……『パーティーの目的について』だ」

俺はあれから少し、以前に仲間にしようとした魔法戦闘師がなぜ逃げてしまったのかを考えていた。

その結果俺は、目的が共有できていなかったことが原因なのではないか……という結論に至ったのだ。

彼らは理由も告げずにいなくなってしまったので、今となってはなぜ逃げたのか分からない。

だからこそ今回は、パーティー内での意思統一を図《はか》っておきたいというわけだったが……。

「強くなることだ」

「強くなることですね」

俺の言葉に、ロイターとユリルは即答した。

俺と同じ目的だ。どうやら意思統一はするまでもなかったらしい。

ちなみにイリスの返事がないのは、居眠りをしているからだ。

「では質問だ。強くなるにはどうしたらいいと思う？」

「強い敵と戦う」

「ひたすら魔法を使って、魔力を鍛えます」

「どちらも正解だ。だが……効率的に強くなるには、その意味を考える必要がある。なぜその方法で強くなるのか、考えたことはあるか？」

俺の言葉を聞いて、二人が考え込む。

イリスは寝ている。

その様子を見つつ俺は、当たり前の結論を告げる。

「力と技術と道具。戦闘能力は主にこの三つの要素に分けられる。強い敵と戦うのも魔法を使うのも、これらを鍛える方法のうちの一つだ」


当たり前のことだが、この『当たり前』を認識できているかどうかは時に大きい差を生む。

例えば剣術を鍛えるために、素振《すぶ》りを繰り返す者がいるとする。


素振りは技術と筋力を同時に鍛えるトレーニングだ。しかし回数をこなすことを目的とするあまり、1回1回の振り方がおろそかになっていたらどうだろうか。

技術は身につかず、ただ少し筋力が鍛えられるだけだ。


筋力を鍛えるのが目的であれば、もっと効率的な方法はある。

下手《へた》な素振りでもやらないよりはマシかもしれないが、時間は有限だ。効率的にやるべきだろう。

筋力を鍛えたいのなら、剣などではなく重りを使えばいいのだ。

「技術と道具に関しては、俺が面倒を見よう。必要なものがあれば用意するし、技術はある程度のレベルまで教えられる」

「……ガイアスさんが、直々《じきじき》に教えてくれるということですか？」

「ああ。俺も魔導を極《きわ》めたというわけではないが……少なくとも、今の力でさっきのつまらない竜を倒せるくらいの技術なら教えるのは簡単だ。いくらでも教えよう」

「つ、つまらない竜……リメインのことですか？」

ユリルが納得のいかない顔をしているが、俺はあの竜の名前を知らないのだから仕方がない。

もしかしたら名乗っていたかもしれないが、覚えていないことに変わりはない。

覚える価値もないし。

「次は道具だが、これも材料さえあれば俺が作れる。技術を身につけていくと戦闘スタイルも変わることがあるから、もう少し先になるかもしれないがな」

「……ガイアスって、生産もできるんだな」

「むしろそっちが本職だ。……第一紋なんだから、常識的に考えてそうだよな……？」

「あ、そこは常識を持ち出すんですね……」

「確かに常識だが、ガイアスは突然変異とかじゃないかと思ってたぜ」

俺の言葉を聞いて、二人が驚いたような顔をした。

第一紋が生産向けの紋章《もんしょう》だというのは、10歳の子供でも知っているようなことだ。

俺もその例に漏《も》れず、生産系魔法が最も得意だ。他の魔法が苦手だと言ってもいいが。

「最後は力だな。これが一番鍛えにくい……つまり一番貴重な要素だ。ある程度まで鍛えるのは簡単だが、ある一定のラインを超えると一気に頭打ちになる」

人間の体の構造は、一定以上強くなるようにできてはいない。

純粋な筋力に関してもそうだし、魔力に関してもそうだ。

イリスに関しては、まだまだ伸びしろがある可能性は高いが……他の二人は頭打ちもそう遠くないだろう。

まだ限界とはいかないが、すでに成長はかなり鈍化《どんか》しているはずだ。

それを若干《じゃっかん》マシにする方法ならあるが、根本的解決とはいかない。

「ガイアスさんでもそうなんですか？」

「ああ。特に俺の場合は、この紋章だからな」

魔法に関する常識にはいくつか間違った部分もあるものの、残念なことに紋章関係の常識はほとんど当たっている。

特に……俺が持つ第一紋が最弱の紋章だということは、俺が一番よく知っている。

必要な道具を自分で作れるのは確かにメリットだが、戦闘能力に関してはあまりにデメリットが大きすぎる。

転生魔法で他の紋章に生まれ変わるのを真剣に検討《けんとう》するレベルだ。

「力を鍛えることに関しても教えられることはあるが……やはり人間である以上、限界というものはある。いずれその限界には到達することを考えると、今のうちから『人間の限界を超える方法』を考えておく必要があるだろう」

「限界を超える……？」

「ああ。人間の力に限界があるなら、人間以外の力を使えばいいんだ」

「人間以外の力……それは、もしかして……」

「ああ。【理外の術】だ」

宇宙に住む魔物（熾星霊《しせいれい》と呼ばれる）が持つ力、【理外の術】には他の力と根本的に違う点がある。

それは、『引き継ぐ』ことができるという点だ。

普通の力は、相手を倒したところで引き継いだりはできない。

竜を倒したところで竜の力を得ることはできないし、犬の魔物を倒したとしても犬の嗅覚《きゅうかく》を手に入れたりはできない。

だが【理外の術】はそれができる。

宇宙の魔物を倒すどころか、その体の破片《はへん》を手に入れただけで、力の片鱗《へんりん》を使うことすらできるのだ。

熾星霊が桁外《けたはず》れの力を手に入れたのも、この特徴によるものだろう。

強い熾星霊同士が戦い、勝った熾星霊は倒した熾星霊の力を得てさらに強くなる。

これが繰り返された結果、生き残った熾星霊はすさまじい力を得るに至った……というわけだ。

人間がいきなり【理外の術】を丸ごと取り込むのは難しいだろうが……その片鱗を少しずつ取り込んで力を増すことならできるはずだ。

というか、その実例なら目の前にいる。


「理外の術……その効果は、ユリルも知っているだろう？　使いこなせてはいないみたいだがな」

「はい。残念ながら……ただ、もし使いこなせたとしてもリメインに勝てるかどうかくらいだと思います」

「それだけあれば十分だ。人間の身では本来手に入らない力だからな。……それに、一つで足りないなら二つでも三つでも手に入れればいいんだ」


もちろん簡単なことではない。

俺は今までに何百年と生きてきたが、いまだに【理外の術】など一つも持っていない。

なにしろ、この星には熾星霊がいないからな。

入手手段といえば、どこかで死んだ熾星霊の破片が降ってきたのを見つけることくらいだ。

宇宙のどこかで死んだ熾星霊の破片が、たまたまこの星に降ってくる確率は極めて低い。

紋章を変えるために転生したほうが、まだ現実的なくらいだ。

だから今まではあきらめていたのだが……実際にそれを手に入れた者がいるとなれば、話が変わってくる。

理外の術は、俺がこの紋章のままで強くなれる可能性そのものだ。

それがこの星に存在するとなれば、探さない手はない。

「強くなるために、理外の術は絶対に必要だ。それを探すための情報が欲しい。……何か知らないか？」

ユリルにもらった本は、魔法を使ってざっと目を通した。

理外の術を人間に組み込む方法などは描かれていたのだが、肝心のそれを入手する方法は書かれていなかった。

「実は、私も知らないんです。理外の術関連の情報は構成員にも伏せられていて……私の所属していた組織の上層部しかわからないと思います」

「じゃあ、その組織とやらに聞くしかないか。ユリルが殺したい相手も見つかるかもしれないしな」

本の記述を見る限り、ユリルが知っている情報を隠しているということはなさそうだ。

組織が理外の術の入手元を秘匿《ひとく》しているというのは、恐らく本当だろう。

俺が組織の人間だったとしても、たぶん同じことをするだろうし。


「……聞いて教えてもらえるものなのか？」

「誠心誠意、心と魔力を込めて聞けば教えてくれるさ」

「いい案だな。腕力も追加でいこう」

「ああ。何人か確保して別々の場所で聞いて、後で情報をすり合わせるのがコツだな。ちゃんと回復魔法を使いながら、やさしく聞くさ」


知っている者さえいれば、情報を聞き出すのはそこまで難しくないはずだ。

とはいえ、誰《だれ》でも聞けばいいというわけではない。

ユリルの話だと、理外の術について知っているのは組織の上層部くらいだろう。


となると問題は組織の規模だな。

組織が持つ拠点のリーダーレベルでも知っている情報ならいいが、いくつもの拠点を通して入手元がわからないように工作されていたりすると、かなり面倒だ。

ユリルは儀式を受けて力を得たと、本に書いてあったが……。

「ユリルが力を得た時、どこか別の場所に移動したか？」

「いいえ。一部記憶が飛んでいますが……儀式自体は組織の拠点で行いました」

「分かった。じゃあまずはそこに行こう。……と、言いたいところだが、その拠点って、今もあるのか？」

「【コメット・フォール】を撃ち込みましたが、誰もいませんでした。場所を知る私が脱走したので、引き払ったのでしょう」

それは初耳だな。

中に人がいるかすら確認せず、いきなり範囲攻撃魔法を撃ち込んだのか。この自称常識人は。

「本には書いてなかったが……」

「理外の術とは関係がないことなので。残党狩りのために跡地も調べましたが、設備なども全《すべ》て持ち去られていたみたいです」

「……なるほど、証拠隠滅《いんめつ》か。……そこまでしたところを見ると、ユリルが殺したい相手ってのは……」

「組織の最高権力者です。組織では『代行者』とだけ呼ばれていました」

なるほど。

ユリルがわざわざ本まで作ったのは、その組織を潰《つぶ》したいからというわけか。

「分かった。じゃあ、まず第一目標は組織の拠点を探すところからだな。できれば『代行者』とやらに直接挨拶《あいさつ》をしたいところだ」

「協力してくれるんですか?」

「俺の目的にも一致するからな。俺が強くなるためには理外の術——つまり、組織が持つ情報が必要だ」

ユリルやロイターはまだ技術面や体力面で伸びしろがあるが、俺はすでに伸びしろをほとんど食い尽くしている。

そのため、これ以上強くなるためには理外の術を手に入れるほかない。

「当面の目標は決まったな。まずは『組織』の拠点を探し、理外の術を入手する。途中で強い敵を見つけたら、できるだけ戦うようにしよう」

「さっき言ってた『強くなる方法』に、強い奴《やつ》と戦うってのは含まれてなかったが……結局戦うのか？」

「ああ。覚えた技術を本当の意味で『身につける』には、実戦が一番だからな。……同じ魔法でも、『集中して初めて発動できる』のと『とっさに、無意識に使える』のでは天地の差だろう？」

「……なるほど。確かにそうだ」


技術を覚えるのと、それを実戦で使えるようになるのには、大きな差がある。

このことは俺に限らず、戦闘の初心者ですら分かっているだろう。

今までに強い敵と戦った経験は、あらゆる面で生きてくる。

だからこそ俺は、強い敵を求めてきたのだ。


「拠点に関して何か情報はあるか？」

「……拠点の場所まではわかりませんが、国が何か情報を持っているかもしれません。私たちの国……マイルズ王国は、組織をかなり警戒していますから」

マイルズ王国か。それなら話しやすいな
あまり大きい国ではないが、国王は話が分かる奴だった。

国王は俺が実験をしている間に代替わりしているかもしれないが……いずれにしろ、マイルズ王国が俺にとって友好国であることに変わりはない。

表立って敵対こそしないものの、関係が微妙な国もいくつかあったので、情報を持っているのが友好国だったのはラッキーだな。

とはいえ、組織の話が機密情報として扱われているのなら、簡単に教えてもらうというわけにはいかないかもしれない。

「聞いたとして、国は情報をくれると思うか？」

「ガイアスさんが組織潰しに動いてくれるなら、国は大喜びだと思います。教えない理由が見当たりません」

「分かった。まずはマイルズ王国に行くことにしよう。異論はあるか？」

「賛成です」

「賛成だ。リメインの討伐《とうばつ》報告と、出国の手続きも必要だしな」

「ふぇ？　……さ、賛成です！」

どうやら方針は決まったようだ。

約一匹、話を聞いていなかった奴もいるようだが。

第八章 chapter 8

それから数分後。

俺《おれ》たちは転移魔法でマイルズ王国の王都へと飛び、王宮の前まで来ていた。

「ユリル様、ロイター様。お帰りなさいませ。お戻りになったということは……」

「悪竜リメインは倒されました。その報告のために、国王への謁見《えっけん》を求めます」

「ユリル様たちは最優先で通せと言われております。準備をしますので、少々お待ちください」

王宮の衛兵はユリルたちのことを知っているようで、話はスムーズに進んでいく。

いきなり戻ってきてすぐに謁見が決まるとは、ユリルたちが国から重要視されているというのは本当のようだな。

「許可が下りました。こちらへどうぞ」

そう言って衛兵は、ユリルたちを先導し始めた。

俺とイリスもそれについて行こうとしたのだが……。

「待て。お前たちは一体誰《だれ》だ？」

俺とイリスは衛兵に止められてしまった。

どうやら謁見の許可が下りたのは、ユリルたちだけだったようだ。

「イリスです！」

「名前を聞いてるんじゃない。なぜついてくるのかと言っている」

ふむ。

二人についていけばなんとなく通してもらえるかとも思ったが、さすがにそこまで甘い警備ではないか。

「その方たちは討伐《とうばつ》に協力してくれたガイアスさんとイリスさんです。一緒に通してほしいのですが……」

「いくらユリル様のお言葉でも、無理なお願いです。謁見の許可が下りているのは、討伐隊のメンバーのみですから」

「俺からも頼む。この二人は途中で討伐隊に加わった……というか、竜を倒したのは俺たちじゃなくてガイアスだ。ガイアスという魔法戦闘師のことはお前も知っているだろう？」

ロイターの言葉を聞いて、衛兵は俺の顔をまじまじと見つめる。

そして、首を横に振った。

「存じ上げません。いずれにしろ、謁見が許されるのは国からの依頼を受けた方々だけです。ユリル様たちだからこそすぐに許可が下りたのであって、一般の魔法戦闘師が謁見の許可を求める場合は……」

なるほど。

しばらく来ない間に、衛兵も世代交代しているというわけか。

これは話をするよりも、契約書を持って直接乗り込んだほうが早そうだな。

俺は当時の国王ではなく『王家』と契約を結んだので、たとえ国王が代替わりしていても契約は有効のはずだ。

衛兵はともかく、王族なら契約を把握しているだろう。

だから、謁見の場に転移魔法で直接飛んで話そうというわけだ。

「ガイアスさん、どうしますか？」

「二人で行ってくれ。こっちはこっちでなんとかする」

「分かりました」

ユリルは少し躊躇《ちゅうちょ》したが、やがて首を縦に振った。

俺の表情から、何か考えがあることを察したのだろう。

ロイターと二人で王宮に入っていく後ろ姿を見送ってから、俺は王宮に背を向けた。

◇

『国王執務室に到着しました』

『分かった。今から行く』

『……転移阻害を壊すんですか？』

『いや、壊さないようにいく』

王宮には当然、転移阻害の結界が張られている。

別に壊そうと思えば壊せないこともないが、いきなり結界を壊して侵入したりすれば、敵対行為とみなされても仕方がないだろう。

転移阻害をすり抜けるのは、壊すのよりずっと難しい。

使われている術式の構成を極《きわ》めて正確に理解していないと、すり抜ける際の衝撃で結界が壊れる可能性が高いからだ。

とはいえ、王宮に張られた転移阻害に限っては、すり抜けるのは全く難しくない。

なにしろあの結界は、昔の俺が国王に依頼されて作ったものなのだから。

「イリス、少し待っててくれ」

「了解です！」

イリスの返事を聞いて、俺は転移魔法を発動した。

「……は？」

俺がユリルたちの元に転移すると、豪華な装束《しょうぞく》に身を固めた男が呆《ほう》けたような顔をした。

年齢は30歳ほどだろうか。

俺が知っている国王とは顔が違うが、よく見ると目元などは少し似ている。

腰に提《さ》げた王家の剣が、その男こそ国王であることを示していた。

……やはり俺がいない間に、国王は代替わりしていたようだな。

魔法戦闘師と違って、普通の人間の寿命は短いものなのだ。

「し、侵入者だ！　捕らえよ！」

国王は一瞬だけ驚いた様子を見せたが、国王というだけあって決断は速いようだ。

すぐに対処を決定し、周囲の近衛兵《このえへい》に俺の捕縛を命じた。

素直に捕縛されてから契約について話してもいいのだが……それだと契約書をちゃんと見て

もらえない可能性があるか。

そう考えて俺は結界魔法を起動し、近衛兵たちの接近を防ぐ。


「結界魔法を展開されました！」

「攻撃魔法の使用を許可する。破壊しろ！」

「ご命令のままに！」


衛兵たちは国王の命令を受け、次々と攻撃魔法を結界に撃ち込み始めた。

だがその威力は、たとえ1万発撃ち込もうと結界に傷一つつけられないようなレベルのものだった。


「この結界、びくともしません！　異常な強度です！」


攻撃が国王を巻き込まないようにという配慮もあるのかもしれないが、単純に近衛兵たちが弱いだけだろうな。

ロイターやユリルが一人いれば、こいつらを全員蹴散《けち》らすのは全く難しくないだろう。

まあ、蹴散らすのは完全に敵対行為になってしまうので、蹴散らさないのだが。

『この結界に向かって、よくあんな魔法を撃ち込もうって気になりますね……。鉄板に木の枝で殴りかかるようなものですよ？』

『ガイアスに危害が加わりそうなら手を出すところだが、ほっといていいよな？』

『ああ。平和的に話をするために来たわけだからな』


そう通信魔法で告げながら俺は、収納魔法から契約書を取り出した。

だが……契約書を冷静に見てもらえそうな状況ではないな。

いったん落ち着いてもらおう。


「待ってくれ、落ち着いて話を聞いてほしいんだが……」

「不法侵入者から聞く話などない。そもそも一体どうやって入ってきた？」

「普通に転移魔法で入っただけだ。まず俺は不法侵入者じゃない。話を……」

「嘘《うそ》をつくな。この王宮には伝説の魔法使いが組んだ転移阻害結界が展開されている。転移は不可能だ」

「いや、転移阻害を組んだのは伝説の魔法使いじゃなくて、ガイアスって奴《やつ》なんだが」

「……は？」

俺の言葉を聞いて、国王の動きが止まった。

そして国王は少し考え込み、それから尋ねた。

「その話を誰から聞いた？　この結界を作った者を知るのは、王家の者でもごく一部のはず……」

「誰から聞くも何も、俺がそのガイアスだ。知らないわけがないだろう」

「……攻撃を中止しろ！」

俺の言葉を聞いてすぐに国王は、攻撃の中止を命じた。

攻撃魔法の爆炎が晴れたところで国王は、俺の顔をまじまじと見つめ……それから壁にかけられた絵に目をやった。

その絵には昔の俺と、レオ＝マイルズ――俺が知っている時代のマイルズ王国国王が描かれていた。

「確かに似ている。だが年齢が……」

「魔法戦闘師の外見年齢はあてになりません。そのことはよくご存知ではないですか？」

「……確かにな」

ユリルの言葉を聞いて、国王はもう一度俺の顔と、壁の絵を見比べた。

今の俺は若返りの魔法によって、絵に描かれた当時よりだいぶ若くなっている。

ある程度の力を得た魔法戦闘師は俺に限らず、体の年齢を変えることができるようになる。

そのため『昔の姿より、今の姿のほうが若い』ということは、そう珍しくない。

というか、俺はこんな絵の存在を知らなかったのだが……いつの間に描かせたんだ。

「近衛隊は全員、一度出ていってくれ。４人だけで話がしたい」

「お言葉ですが、それでは陛下をお守りする者が……」

「この場にはユリルとロイターがいる。偽者《にせもの》のガイアスが相手であれば、二人がどうとでもしてくれるだろう」

「……もし本物だったら？」

「その場合は、誰が護衛につこうが結果は同じだ。状況からすると、本物の可能性は極めて高いがな」

「しかし……」

「命令だ。出ていってくれ」

国王の有無を言わせない口調《くちょう》に、彼らも説得は無駄だと悟《さと》ったのだろう。

近衛兵たちは深々と礼をすると次々に執務室を出ていき、最後の者が扉を閉めた。

それを見て国王は、いきなり頭を下げた。

「言い訳をさせてください。まさかガイアス様が生きて……いや、年齢を変えていらっしゃるとは思いもせず……」

ああ。

しばらく顔を出さない間に、俺は死んだと思われていたのか。

まあ、俺は危険な敵と戦う機会も多かったので、どこかで死んだと思われるのも分からないではない。

最近は残念ながら、死を意識するような戦いができる相手に出会えていなかったが。

「気にしないでくれ。俺のことを覚えている奴なんて、昔の魔法戦闘師くらいだろうしな」

「とんでもない。この国にガイアス様の名前を知らない者などいませんよ」

「……いや、それはないだろ。最後に顔を出したのは１００年以上も前だぞ？」

「１００年くらいで忘れられるわけがありません。歴史上の人物の中では、最も有名と言っていい方ですから。……ガイアス様と王家が友好関係にあったことは、王立学園の教科書にも取り上げられています」


……知らない間に、歴史上の人物にされていたのか。

本人はまだ生きているというのに、失礼な話だな。


「友好関係の割には、さっきいきなり攻撃を仕掛けられたけどな」

「申し訳ございません！　決してガイアス様と敵対する意図があった訳ではなく……お詫《わ》びとしてできることがあれば、何でもいたします！」

「……ほう？」


これはいい交渉材料を手に入れたようだ。

こうなる可能性も考えた上で、いきなり執務室に転移したわけだが……まさか、ここまでうまくいくとはな。

「分かった。では先ほどの攻撃をなかったことにする代わりに、偽名と戸籍を用意してくれ」

「偽名と戸籍……ですか？」

「ああ。マイルズ王国民としての立場があったほうが、何かと動きやすいだろう」

昔の俺は、国王と同じくらい……というか、そこらの国の王より上の立場として扱われていた。

そうなった経緯はよく知らないのだが、とにかく当時の国王たちが相談して、そういうことにしたらしい。

当時は人と関《かか》わる機会も少なかったので俺の立場などどうでもよかったのだが……今はそうもいかない。

理外の術についての情報を手に入れるには、他の人間たちと関わりを持つ必要がある。

国王より上の立場など、その邪魔《じゃま》になるだけだろう。国籍もないしな。

「王国民としての立場……それはつまり、マイルズ王国に所属していただけるということですか？」

「ああ。そういうことになる」

「よ……喜んで用意させていただきます！」

国王は心底嬉《うれ》しそうな顔でそう答えた。

以前の俺は、国に属さずに行動していた。

その俺がマイルズ王国民になったと聞けば、当時の知り合いたちは驚くことだろう。

しかし、そこまで喜ぶことだろうか。

俺が国民になって嬉しいことがあるとすれば、戦争の際の戦力増強だが……俺が知るマイルズ王国は、めったに戦争をしない国なんだよな。

「……もしかして、戦争をするつもりなのか？」

「いえ、むしろ逆です。どこの国だって、強い国を相手に戦争はしたくないですから」

なるほど、抑止力《よくしりょく》というわけか。

まあ国籍を貸してもらう以上、そのくらいの役目は果たすとしよう。

とはいえ今の時代、俺の名前が抑止力になるかはかなり疑問だが。

「爵位《しゃくい》はどうしますか？　ガイアス様であれば、公爵位に据えても誰も文句を言わないと思いますが……」

「不要だ。目立つだけだからな」

「へ……平民扱いでよろしいのですか？」

「ああ。上級貴族なんかになったら、偽名を作った意味がないだろ」

「おっしゃる通りです。では平民の戸籍を用意させていただきますが……名前はどうしますか？」

「そうだな……あまり特徴的でない名前がいい。一般的な名前のほうが、偽名だとわかりにくいからな。それと、できればガイアスと似た名前がいいな。呼ばれた時に気付きやすそうだ」

「でしたらそのまま『ガイアス』というのはどうでしょうか？　偽名ではなくなってしまいますが、まさか歴史上の人物が目の前にいると思う人間もいないかと……」

ふむ。

確かに一理ある。偽名を使う意味はないかもしれないな。

「ガイアスって、一般的な名前なのか？　１００年前には、かなり珍しい名前だったはずだが……」

「今は一般的というか……最も多い名前の一つです。誰も不思議には思わないと思います」

そんなに増えてたのか、ガイアス。

しばらく来ない間に、世界はだいぶ変わったようだ。

「分かった。それで頼む。それと、連れが一人いるんだが……そいつにも戸籍をくれるか？

名前はイリスだ」

「用意させていただきます」

こうして話は順調に進んでいった。

そして、悪竜リメインの討伐報告が終わったところで、俺は本題を切り出す。

「ところで、人間を【理外の術】で強化している組織について何か情報はないか？」

「……【熾天会《してんかい》】のことですか」

初めて聞く名前だな。

そういえば俺は組織の名前を聞いたことがないが……ユリルに聞いてみるか。

『あの組織って、そういう名前なのか?』

『組織は名前を持っていませんでしたが、王国諜報部《ちょうほうぶ》はそう呼んでいるみたいです。……あいつらのこと、そんな格好いい名前で呼びたくありませんけど』


なるほど。

名前が出ないと思ったら、そもそも名前を持っていない組織だったのか。

どうして【熾天会】なんて呼び名になったのかは知らないが、名前がないと情報共有がしにくいので、通称が付けられたということだろう。


「そうだ、その【熾天会】に用事があってな。何か情報があるなら、ぜひ教えてほしい」

「分かりました。手に入るだけの情報をかき集めさせましょう。1週間ほど時間をいただきたいのですが……それでも大丈夫ですか?」

「ああ。情報が手に入り次第教えてくれ。……だが、平民という立場で頻繁に接触するのは、怪しまれるか……?」

「……確かに、その可能性はあります。騎士団などに怪しまれないルートを確保いたしましょうか?」

「それができるなら頼む」

国という大規模な組織が持つ情報網というのは、なかなか馬鹿《ばか》にならない。
魔法は確かに便利だが、魔法では手に入らない情報も多いのだ。
となると、情報ルートを確立しておくのは今後にとってもプラスになるだろう。

「承知いたしました。機密情報も扱えて、かつ平民の魔法戦闘師に接するのが怪しまれない立場となると……騎士団長マイノースしかありませんか。私から話を通しておきましょう」

騎士団長か。
平民として接するには地位が高すぎる気もするが……機密情報が扱える者となると、そのくらいになるのだろうか。
まあ、国王よりマシなのは間違いなさそうだし、

「分かった。それで頼む」

俺がそう頷《うなず》いてから、ユリルとロイターが微妙な顔をしているのに気がついた。

何かあったのだろうか。


『浮かない顔だが、どうかしたのか?』

『あー……私、騎士団長嫌いなんですよね……』

『俺もだ』


ふむ。

二人とも騎士団長が嫌いとなると……何か問題がある人物なのだろうか。


『騎士団長って、どんな奴だ?』

『一言でいうと……働き者ですね』

『働き者……有能なのか?』

『……働き者です』


そうか。

働き者か。

有能かどうかの質問にはあえて答えなかったあたり……どういう『働き者』なのか、なんとなく想像がついてしまうな……。

第九章

chapter9

その日の夕方。

俺《おれ》たちが泊まっている宿に、騎士団長マイノースから封筒が届いた。

働き者というだけあって、行動は速いようだな。


行動が速いというのは美点だ。

多少他の部分に難があっても、速度がカバーしてくれることは少なくない。

何か問題が起こっても、発覚が早ければ対応の時間も確保できるからな。


特に戦闘では、速さがものをいう場面が多い。

兵は拙速《せっそく》を尊ぶというが、まさにそのとおりの人物だ。

もしかしたらユリルやロイターと気が合わないだけで、本当は使える人物なのかもしれない。


まあ、評価は封筒の中身を見てからだな。

封筒に機密保持用の魔法などはかかっていないようなので、まさか機密情報を書いたりはしていないだろうが……もし書かれていたら、さすがに無能認定せざるを得ないな。

などと考えつつ俺は、封筒を開く。

中にあったのは、俺が想像すらしていないものだった。


「……報告書？」


討伐《とうばつ》依頼報告書提出要領。

封筒の中に書いてあった紙には、そう書かれていた。

同封されていた手紙は、軍人というよりは役人のような堅苦しくてまどろっこしい文章で書かれていたが……意訳するとこんな感じだ。

・お前は昔から付き合いのある重要人物だから、丁重《ていちょう》に扱えと言われている。
・だが騎士団の関係者に加わるのであれば、こちらのやり方に従ってもらう必要がある。
・さしあたっては、まず先日の討伐に関して報告書を提出してもらう。強敵の討伐に関する情報の収集は騎士団にとって重要な任務である。

ふむ。

確かに情報の蓄積は、戦闘に勝つ上で重要な要素の一つだ。

情報の質を確保するために、ある程度の提出要領が用意されるのも納得はいく。

だが、これは……。


「なあ。この提出要領って、本当に必要なのか？」

手紙に同封されていた提出要領は、注意書きだけで5ページにも及《およ》ぶ長大なものだった。

1文字の大きさや行間の広さ、果ては使用する紙の厚さまで事細《ことこま》かに指定されている。

情報の質と紙の厚さは、さすがに関係ないと思うのだが……。

「必要です。チェックして違うところがあると突き返されるので……」

「紙の厚さもか？」

「はい。昔一度、それを理由に報告書を突き返されました」

「っていうか、一発で通ることってまずないよな……」


なるほど。

騎士団長マイノースが『働き者』だと言われていた意味が少し分かった気がする。
なんというか、手段が目的になっているタイプだ。

「仕方ない。文句のない資料を作ってやることにするか」

そう言って俺は収納魔法から紙を取り出し、整形魔法で0・05ミリだけ削った。
ぴったり指定の厚さだ。文句は言わせない。
文字の大きさなども、生産魔法を使えば誤差0・01ミリで調整できる。
問題は内容だが……提出要領よると、参加者と討伐経緯を書けばいいらしいな。

『ユリルとロイターと、あとなんか弱いのが何人か討伐に行った。途中でガイアスとイリスが合流して、メテオ・フォールで倒した』

よし。文面はこんなものだろう。
あとはインクの粒子を生産魔法によって操作し、きっちり指定の大きさに揃《そろ》えて……。

「よし、完成だ。これでいいか？」

「ダメに決まってます。『あとなんか弱いの』ってなんですか！」

「名前を知らないからな。いてもいなくても変わらないし、この書き方でよくないか？」

「騎士団長は絶対に納得しないと思います……。それにこの【メテオ・フォール】で倒したってなんですか……？」

「そのままの意味だが」

「ガイアスさんが使った【メテオ・フォール】は、一般的に言われる【メテオ・フォール】とは全く別物です。もうちょっと詳しく説明したほうがいいと思います」


なるほど。

確かに『メテオ・コア』は、やや複雑な魔法理論を使っているからな。

その辺の説明も書いておいたほうがいいか。


「分かった。となると……こうだな」


俺はそう言って収納魔法から紙束を取り出し、一気に文字を転写した。

魔法理論の説明をするとなると多少分量が増えるが、この際仕方がないだろう。

誠意を尽くして、しっかりと説明を……。

「よし、できた」

俺は完成した報告書の束を眺めながら、そう呟《つぶや》いた。

合計820枚にも及ぶ、長大な報告書の完成だ。

そのうち819枚は、メテオ・コア関係の魔法理論だが。

「これでいいか？」

「いや……これ、誰《だれ》も理解できないと思いますよ？」

報告書に目を通して、ユリルがそう呟く。

ふむ……分かりやすく書いたつもりだったのだが、魔法学に詳しくない軍人に読ませる内容ではなかったか？

やはり役所に提出する書類というのは、魔法とはまた別の難しさがあるな。

「ということで、この報告書はボツです。私が預かっておきます」

そう言ってユリルは、自分の収納魔法に報告書をしまい込んだ。

ボツなら普通に捨てればいいと思うのだが……まあいいか。

「やっぱり、ユリルに任せたほうがよさそうだな。役所はよくわからん」

「……実は私も、報告書って苦手なんですよね」

マジか。

ロイターは顔からして書けそうにない感じだし、となると消去法で……。

「まさか、イリスに書かせる気か……？」

「私の出番ですか⁉　えっと……これを書けばいいんですね！」

そう言ってイリスはペンを手にとったが……持ち方がおかしい。

手をグーにして、握りしめるようにしてペンを持っている。

これは字を書く時ではなく、ナイフを人に突き立てるときの持ち方だ。

あと、握力のせいでペンが曲がっている。

「いや、いい。他の方法を考えよう」

曲がってしまったペンを魔法で直しながら、俺は対処法を考え始める。

すると、意外なところから声が掛かった。

「俺が書こう」

「書けるのか……？」

「実はロイターって、こういう書類仕事が得意なんです」

「ああ。ガイアスが倒したってとこだけはちゃんと書くが、戦闘の経緯は適当にでっちあげて構わないいな？　どうせあいつには理解できん」

俺たちが見守る前で、ロイターはあっという間に書類を書き上げていく。

とても丁寧《ていねい》できれいな字と、いかにもお役所という感じの、堅苦しくてまどろっこしい文章だ。

ロイター、こんな文章を書けるのか……。

意外な一面を見てしまった。

◇

翌日。

俺たちは報告書を持って、王国騎士団本部を訪れた。

「こちらでお待ちください」

どうやら話は通っていたようで、俺たちはすぐに応接室に通された。

それから間もなく、二人の従者を連れた男が応接室に入ってくる。

腹の出た、いかにも鍛《きた》えていなさそうな中年の男だ。

魔力の流れもまったく洗練されてはいないし、横に控えている騎士のほうがよほど強いだろう。

あまり「騎士団長」という雰囲気ではないが……これが騎士団長マイノースなのだろうか。

「久しぶりに見る顔だな。お前たちのために時間を取ってやったこと、ありがたく思いたまえ」

入ってきた男は、俺やイリスに視線すら向けることなくユリルたちに話しかけた。
どうやら騎士団長で間違いなさそうだ。

こういう態度をとられたことはここ数百年なかったので、少し新鮮だな。
国王は俺が言った通り、平民として俺を紹介してくれたようだ。

「戦闘に明け暮れるのもいいが、書類も少しはまともに書けるようになったかね？　我が騎士団ではしっかり基本から教えるんだが、野良《のら》の魔法戦闘師どもときたら――」
「書類の質については、これを見て判断していただければと思います」

騎士団長の言葉を遮《さえぎ》って、ユリルが書類を手渡した。
それに目を通して……騎士団長マイノースが呟く。

「悪いが、これを受け取るわけにはいかんな。……5分やる。何が悪いのか、自分たちで考えてみたまえ」

「……分かりました」

そう言ってユリルが、突き返された報告書を受け取る。

どうやら彼は、ロイターが書いた報告書がお気に召さなかったようだ。

提出要領通りのはずなのだが……。

「俺が修正しよう」

などと考えているとロイターはユリルから報告書を取り上げ、ペンを取り出した。

よく見ると、ペンにはインクがついていない。

だがロイターは気にせず、報告書にペンを走らせる。

『おい、インクがついてないぞ』

『分かってる。これでいいんだ』

ロイターはにやりと笑い……一通り文字を書くふりをし終わったところで、ユリルに報告書を手渡した。

ユリルは先ほどと何も変わっていない書類を受け取り、騎士団長マイノースに手渡す。

「修正しました。これでいいでしょうか」

「ふむ……まあ及第点といったところか。野良の魔法戦闘師にしてはマシなほうだな」

騎士団長マイノースはそう呟きながら報告書に受け取りのサインをして、従者に渡した。

どうやら報告書は受理されたようだ。

『何も変わってないよな？』

『ああ。何も変わってない』

『……なんで受理されたんだ？』

実は俺が気付いていないだけで、何か変わったのだろうか。

そう考えていると、ユリルが解説してくれた。

『この人、報告書の中身が何であろうと、一度突き返すんですよ』

『それに何の意味があるんだ……』

『自分の指摘で修正が入ると、仕事をした気になるんだと思います』

『えっと……どういうことですか？　ニンゲンって難しいです！』

『イリスさん、私たちとあいつを『ニンゲン』でひとくくりにしないでください。それはひどい侮辱《ぶじょく》です』

『わ、分かりました！』


ふむ。

どうやら想像以上の無能のようだな。

こういうタイプと接するのは初めてだが……どう対処すべきだろうか。

などと思案していると、騎士団長マイノースが俺に視線を向けた。


「お前がガイアスか？」

「ああ。俺がガイアスだ」

「……野蛮な言葉遣いだな。陛下直々《じきじき》のご紹介だから、どんな奴《やつ》かと思ったが……所詮《しょせん》は野良冒険者といったところか」

おっと。

いつもの癖《くせ》でタメ口を利《き》いてしまった。

こんな奴に敬語を使うのは気が進まないが……平民と騎士団長マイノースという関係だと、使ったほうがいいのだろうか。


『これ、敬語を使ったほうがいいのか？』

『俺は使わねえな。そのままでいいんじゃないか？』

『そのままでいいと思います。敬意を表するに値する相手でもありませんし』


なるほど。一理あるな。

このままでいこう。


「国王陛下のご命令だから、情報は提供してやる。……【熾天会《してんかい》】の情報なら、1週間後には用意できるだろう。ありがたく思いたまえ」


どうやら、国王の命令なら聞くようだな。

態度はともかく、当初の目的は果たせそうだ。

「ところでガイアスとやら。そこにいる2名とパーティーを組むという話、本当か?」

「ああ。本当だが……それがどうかしたか?」

「その話は認められん。こんな奴らでも、国にとっては重要な防衛力だからな。得体《えたい》の知れん奴と組ませて時間を無駄にさせるなど、世界にとっての損失だ」

ふむ……得体の知れない奴か。

こいつから初めて正論を聞いたな。

確かに今の俺ほど怪しい存在はなかなかいないだろう。

なにしろ過去がまったく分からない上に、名前に至っては偽名なのだから。

確かに魔法戦闘師の中には怪しい者も多いが、ここまで過去が分からないのは俺くらいのはずだ。

「得体が知れないのは否定《ひてい》しないが、魔法戦闘にはそれなりに自信があるほうだぞ」

「では聞くが、お前のクラスはいくつだ?」

クラス……。

聞いたことのない単語だ。

話の流れからすると、強さの指標か何かだろうか。

『クラスってなんだ？』

『魔法戦闘師の強さを表す数字です。数字が大きいほど強くなります』

『俺はいくつになる？』

『ええと、クラスっていうのは魔法戦闘師協会に認定されるものなので、ガイアスさんはノークラスという扱いになりますが、実力でいえば11……いや12でしょうか』

『12だな』

ふむ。

実力的には12だという話だが、多分認定を受けないといけないんだよな。

となると……。

「ノークラスだ。だが実力的には12くらいらしい」

俺の言葉を聞いて、騎士団長マイノースは吹き出した。

どうやら俺の答えがおかしかったらしい。

「12⁉　12だと⁉　……お前は常識すら知らんようだから教えてやろう。クラスは11までしかない。盛るにしても限度を考えることだな」

11までしかないのか。

どうやら俺はパーティーメンバーに騙《だま》されていたようだ。

『……おい、嘘《うそ》を教えるなよ』

『いや、嘘を言ったつもりはないんだがな……』

『私も真面目《まじめ》に答えたつもりでした』

ふむ。

相手がこの無能なら、適当なことでも言っておちょくってやれということか……？

こんなのでも重要な情報源ではあるので、まともに話をするつもりだったのだが。

「まあいい。そんなに自信があるなら、チャンスをやろう」

「チャンス？」

俺が聞き返すと、騎士団長マイノースはニヤリと笑った。

ろくでもないことを考えている顔だが……一体どんな条件を提示されるのだろうか。

「クラス12を自称する以上、どんな相手にでも勝てるつもりなのだろう？　……私が用意する相手に勝てれば、パーティー結成を認めてやろう」

「……え？」

「……は？」

マイノースの声に、ユリルとロイターの拍子《ひょうし》抜けしたような声が重なった。

ロイターはそのまま少し固まって……騎士団長に尋ねた。

「勝てればって……それ、戦闘ってことだよな？」

「ああ。正々堂々、正面から戦ってもらう」

「……それだけでいいのか？」

ロイターの言葉を聞いて、騎士団長は『やれやれ、わかってないな』といった顔をする。

ちょっとイラッとくるな。

「少しは考えたまえ。そこにいるガイアスとやらはノークラス。魔法戦闘師の中でも底辺中の底辺……おまけに紋章《もんしょう》は第一紋ときた。君たちにとって簡単に勝てる相手でも、ノークラスにとってははるか格上だよ？」

ドヤ顔でそう告げる騎士団長マイノースを見て、ロイターとユリルは顔を見合わせる。

それから少し間を開けて、通信魔法からユリルの声が聞こえた。

『ごめんなさい、救いようのない馬鹿《ばか》みたいです。付き合ってあげてもらえますか？』

『言われなくてもそのつもりだ。『関係構築』は大事だし、情報を待つ間の暇《ひま》つぶしくらいにはなるかもしれない』

こうして俺は、騎士団長が用意する相手と戦うことになった。

できれば強い相手が出てきてくれると嬉《うれ》しいのだが、どうなるだろうか。

第十章

chapter10

翌日。

俺《おれ》は騎士団長に呼び出されて、王都にある騎士団練習場へとやってきた。

やってきたのだが……。

「……もしかして、これが俺の相手か？」

「クク……まさかランク10を用意するとは思わなかったか？」

そう言って騎士団長は、自分が連れてきた騎士を指す。

その騎士は――驚くほど弱かった。

ある程度の実力に達した魔法戦闘師は、ただ目の前に立っただけで相手の力量を把握できるものだ。

そして俺の感覚が正しければ……目の前にいる騎士が10人束になってかかったところで、今のユリルにすら勝てない。

それとも、何か隠しているのだろうか？

『なあ。あの相手、すごく弱いように見えるんだが……気のせいか？』

『気のせいじゃないですよ。普通に弱いです』

『これは……ナメられてるってことか？　わざと弱いやつを連れてきたとか？』

『恐らくですが、騎士団長が用意できる中で一番強かったのが、こいつだったんだと思います』

なるほど。

どうやら騎士団とやらは戦闘のプロではなく、書類書きのプロだったようだ。

「恐怖で声も出んか。怖いなら、そこにいる女を先に戦わせてもいいが……」

などと通信魔法で話しているのを見て、騎士団長は俺がビビって黙り込んでいると思ったようだ。

騎士団長はイリスを指して、そんな提案をしてきた。

昨日の話の流れだと、戦うのは俺だと思っていたのだが……。

「ワタシですか⁉」

「雑魚《ざこ》をクラス11と同じパーティーに入れる訳にはいかんからな。嫌なら逃げてもいいが、当然パーティーへの参加は認められん」

「じゃあ、戦います！」

「……見ろ。その臆病者《おくびょうもの》より、女のほうがよほど勇敢ではないか」


これはまずいことになるかもしれない。

イリスは人の姿でも強い力を持っているが、この姿での戦闘経験がないのだ。

別にイリスの心配をしているわけではない。心配なのは対戦相手の方だ。

戦闘経験がないということは、手加減もできないということだ。

普通の刀傷くらいなら回復魔法で治せるが……残念ながら粉々の肉塊《にくかい》を蘇生《そせい》させられるほど、回復魔法は便利ではない。

これは……死人が出るぞ。

「やめておいたほうがいい。イリスは手加減ができないからな。……死者を出したくはないだろう？」

「ハッ！　何を言うかと思えば……では魔法でも使ってみせろ。手加減が利《き》かないと言うからには、すさまじい威力の魔法が使えるのだろうな？」

「悪い、まだ魔法は教えていないんだ」

実のところ、すでに教えた魔法はあるのだが……アレを使ったら使ったで、結局は死人が出るからな。

まずは平和的にいきたいところだ。

「魔法も使えんだと⁉　では何ができるのだ⁉」

「そうだな……杖《つえ》で殴れば戦えると思うぞ。騎士団の連中よりよっぽど強いはずだ」

「……杖で殴るだと？　では、その威力を見せてみろ。補助魔法なしの攻撃など、ろくな威力が出るとは思えんがな」

「分かった。ええと、試し殴りの的になりそうなものは……」

そう言って俺は、練習場の中を見回す。

ここに来る途中で、いい的になりそうなものを見かけたのだが……。

「あったあった。あれを殴れば威力が分かりやすいだろう」

「分かりました！」

俺が的として指定したのは……『騎士団長マイノース』と書かれた像だ。

銅像は過度に美化して作られているうえ、あちこちに宝石が散りばめられてギラギラしており大変悪趣味だが……像としてのクオリティはともかく、的としては十分だ。

材質は頑丈なミスリル合金なので、攻撃の威力が分かりやすいだろう。

あと、壊したらスカッとしそうだ。

「いきますね……」

「おい、まさか私の像をなぐるつもりじゃ――」

「そいっ！」

イリスは杖を大上段に構えると、思いっきり振り下ろした。

ミスリル合金製の像が粉々《こなごな》に砕《くだ》け、地面にめり込む。

それを見て、騎士団長は怒りで顔を真っ赤にした。

「その像を作るのにいくらかかったと思っている！」

「税金の無駄遣《むだづか》いだな……」

「自費だ！」


自費だったのか。

それはよかった。いくら悪趣味な像であろうと、税金で作ったものを壊すのはちょっと後ろめたいからな。

修理しようと思えば簡単なのだが、どうやらその必要はなさそうだ。

これでイリスの力も分かってもらえただろう。めでたしめでたし。

ということで、文句を言われる前に次の話に入ることにする。

「さて、次は俺だな。そいつと戦えばいいのか？」

「……喧嘩《けんか》を売るつもりなら、最初からそう言えばいいものを……。おいガーニス、遠慮はいらんぞ」

「承知いたしました。このガーニスの力、お見せいたします。実力差を考えれば手加減をすべきかとも思いましたが……どうやら必要ないようですので」

「あー……一応、殺してはならんぞ。国王陛下に何を言われるか分からんからな。あくまで『本人の希望で、手合わせするだけ』だ」

「承知いたしました。逆に言えば、殺さない範囲でできる限りいたぶって……もとい、全力を出せばよいのですね」

「理解が速くて助かる。手抜きはいかんぞ手抜きは。手合わせの相手に失礼だからな」


こいつら、なんでこんなに自信があるんだ……？

もしや何か罠《わな》でも仕込んでいる？　だが、それらしい魔力は見当たらない。


……分からない。

こういうときにはまず戦ってみて、何かが起こったらその時に考えるとしよう。

罠の可能性がある状況では、大規模な魔法を使わないのがコツだ。

力を温存しておくことで、柔軟な対処が可能になる。

大魔法を発動する時にできる隙《すき》こそ、罠を仕掛ける者にとって最高のタイミングだからな。

「では戦いを始めろ。勝利条件は相手の気絶、または降参の宣言だ」

「分かった」

俺は剣を構え、相手の出方を窺《うかが》う。

正直なところまったく強そうな相手には見えないな。

力を隠しているというわけでもなさそうだ。

その割に相手は自信たっぷりで距離を詰めてくるが……もしや、実力差に気付いていないのか？

などと考えつつ俺は、剣にかけた強化魔法をいくつか解除した。

間違って殺さないようにという配慮だ。

そのうえで俺は剣を振り上げ、わざと分かりやすい隙を作った。

すると剣士ガーニスは……面白《おもしろ》いほど予想通りの動きでまっすぐに突っ込んできた。

「喰《く》らえ！」

ガーニスはそう叫《さけ》び、剣にいくつかの強化魔法を付与する。

あの剣をノーガードで受ければ、腕くらいは簡単に飛ぶだろう。

ノーガードならの話だが。


「なっ……！」


剣を弾《はじ》かれたガーニスが、驚きの声を上げる。

弾いた……とはいっても別に、剣で弾いたわけではない。


それどころか、俺自身は何もしてない。

ただ着ていた服が、ガーニスの剣では斬《き》れなかったというだけだ。


俺の装備は服を含めて、全《すべ》て自分で作ったものだ。

生半可《なまはんか》な強度では戦闘の途中で全て破れてしまうので、当然頑丈に作ってある。

とはいっても所詮《しょせん》は服なので、まともに強化魔法を使った剣なら斬れるはずなのだが……。

(これは、つまらないとかいうレベルじゃないな……弱いものいじめをしている気分だ)

せめて早く降参してほしいものだ。
そう考えつつ俺は、無造作に剣を振り抜く。

「ぶべっ!」

ガーニスは俺の剣を弾こうとしたが、あっさり押し切られた。
純粋に、力が違いすぎる。
俺の紋章《もんしょう》はこういった戦闘に向いているものではないのだが……ガーニスの強化魔法があまりにお粗末《そまつ》なので、俺の力でもなんとかなってしまうのだ。

「……降参しないなら、一応追撃しておくか」

吹き飛ばされたガーニスから、降参の言葉はなかった。
今のだけでも力量差は分かったはずなのだが……どうやらあきらめが悪いようだ。
それなら、あきらめるまで攻撃するだけだ。

「ぶべっ！」

「こ……プギッ！」

「がっ……！」

俺の攻撃が次々にガーニスを打ちのめすが、ガーニスはいっこうに降参しない。

こう見えて、根性だけはあるやつなのだろうか？

いずれにせよ……このまま続けると、そろそろ命が危なくなってくる。

「なぜ降参しない……？」

俺がそう呟《つぶや》いて攻撃を止めると、ガーニスはゆっくりと崩れ落ちた。

死んではいないようだが、気絶しているようだ。

気絶でも勝利条件はクリアだが……どうして勝ち目がなくなったにもかかわらず、気絶するまで降参しなかったのだろうか。

騎士道とかいうやつか？

などと考えていると……ロイターの声が聞こえた。

「降参しなかったんじゃなくて、声が出せなかっただけじゃねえか?」

「……その発想はなかったな、確かにそうか……」

言われてみれば、そんな気がする。

ガーニスは一瞬『こ……』とか言いかけていたし、あれはもしかしたら降参のつもりだったのかもしれないな。

いずれにしろ……。

「これで、パーティー結成は認めてもらえるんだな?」

残念ながら騎士団長が用意した相手は、暇つぶしにすらならなかった。

とはいえ当初の目的は果たせたので、よしとしよう。

そう思っていたのだが……。

「ま、まだだ。私が用意する相手に勝てとは言ったが、一人とは言っていない。まだ次が……」

うーん。

またつまらない相手と戦わせられるのか？

どうせ情報待ちの時間とはいえ、時間があるならユリルたち3人に魔法を教えたりしたいのだが……。


「誰《だれ》がやるんだよ。勝てる奴《やつ》がいるってのか？」

「私やロイターでも勝てない相手ですよ。誰を出しても無駄だと思いますが……」

「ロイター、ユリル。嘘《うそ》をつくな。お前たちはこの国の魔法戦闘師で最高峰たるクラス11だぞ。負けるはずがないではないか！」

「いや、相手が悪いんだよ……」


む……？

まさかこれは、ロイターやユリルが相手になるパターンか？

それはそれで少し面白いかもしれない。


「フン。どうせ口裏を合わせているだけだろう？　なぜお前らがそうまでしてこいつと組みたがるのかは分からんが……いずれにしろ、お前たちには戦ってもらう」

「……私たちとガイアスさんが戦えば、余波で練習場が崩壊しますよ？」

「では、余波が撒《ま》き散らされても大丈夫な場所でなら戦うんだな？ ……言っておくが、手加減をしたらすぐに分かるぞ。我が騎士団の精鋭たちを立ち会わせるからな。もちろん私もしっかりと監視をさせてもらう」


騎士団長も立ち会うのか。

これは少し面白い展開になってきたな。


『こんなこと言ってますけど……どうしますか？』

『乗ってやろう。面白いことになってきた』

『……あの、私はガイアスさんと戦いたくないんですが……勝てる気がしませんし』

『安心してくれ。使うのはユリルの結界で防げる威力の魔法にとどめる。……もっとも、余波に巻き込まれた奴らがどうなるかは知らないけどな』

『なるほど……確かに面白そうです』


俺の言葉を聞いて、ユリルは意図を察したようだ。

一瞬だけ笑《え》みを浮かべてからユリルは、騎士団長に答える。

「分かりました。そこまで仰《おっしゃ》るのなら私が戦わせてもらいます」

「……ちゃんと本気を出すのだぞ？」

「もちろんです。手加減をできる相手ではありませんから」

こうして俺は、ユリルと戦うことになった。

ギャラリーが巻き込まれてしまわないか心配だが……ちゃんと真面目《まじめ》に戦うことにしよう。

それが誠意というものだ。

◇

それから少し後。

俺たちは王国の端付近にある、広大な荒れ地へと来ていた。

ここが戦いの場所というわけだが……待てども待てども、戦いは始まらなかった。

「なあ。そろそろ始めていいか？」

「野良《のら》の魔法戦闘師はせっかちでいかんな。騎士たちが準備をしているのが見えんのか？」

戦いが始まらないのは、騎士たちが騎士団長を守るため、結界魔法を張るのを待っているからだ。

通常、結界魔法の発動にそこまで時間がかかることはない。

にもかかわらず時間がかかっているのは……結界の枚数があまりに多いからだ。

「結界展開、完了しました！」

「ご苦労。……始めていいぞ」

100枚ほどの結界が展開し終わったという報告を受けて、騎士団長がそう告げる。

どうやら、やっと戦えるようだ。

だが……。

『なあ。枚数だけは多いが、あの結界って……』

『ガイアスさんの見立て通り、紙切れ同然です。100枚あってもあまり意味はないでしょう』

『だよな……』

『はい。巻き込んで殺そうと思えば簡単ですが……殺してしまうと面倒なので、ほどほどにすることをお勧めします。ガイアスさんが殺したいなら、止めはしませんけど』

『俺も殺す気はない。適度に余波を撒き散らしながら戦うことにしよう』

　書類書きのプロである騎士たちは、どうやら結界魔法を使うのが苦手なようだ。

「俺から行かせてもらうぞ」

　そう言って俺は、適当に魔法をいくつか放つ。

【メテオ・フォール】、【クォンタム・エクスプロージョン】、【インフェルノ・アロー】。

いずれも低位の攻撃魔法で、強化用の魔法なども使っていない。

今のユリルの実力でも、十分に防げる魔法だ。

「なかなかやりますね……」

　ユリルはそう呟きながら結界魔法を展開し、俺の魔法を防いだ。

魔法は結界に当たり、周囲に余波を撒き散らす。

かなり威力を絞っているため、余波に巻き込まれた結界は割れこそしなかったが……結界を維持する騎士たちには、かなりの負担がかかっているようだ。


「くっ……何だこの余波は⁉」

「あれがノークラスって嘘だろ⁉　上級魔法の【メテオ・フォール】をあんな簡単に……」

「これ、逃げたほうがいいんじゃ……」


兵士たちは余波の大きさに顔を青くしはじめた、騎士団長はそれに気付いていないようだ。

それどころか……。


「おい、守ってばかりでなく攻撃をせんか！」


ユリルに向かってやじを飛ばし始める始末だ。

……ユリルが反撃をすれば、余波に巻き込まれるのは騎士団長なのだが、それを分かっているのだろうか。

「……本気を出していいんですね？」

「はじめからそう言っている！　さっさとやらんか！」

「分かりました。発動に少し時間がかかりますが……本気の魔法をお見せします」

そう言ってユリルは杖を構え、魔法を構築し始めた。

この魔法構成は……スター・フォールか。

「いいだろう。発動するまで待ってやる」

俺はそう呟きながら、魔法構築を待つ。

その途中で、兵士たちも状況に気付き始めたようだ。

「なあ。ユリル様の魔法、時間がかかりすぎじゃないか？」

「まさか……コメット・フォールを使うつもりか？」

「コメット・フォールならそこまで時間はかからないはずだ。となるとあれは、スター……」

「まさか。さすがにそれはないだろ。そんなことをすればあのガイアスって奴どころか、俺たちも死ぬんじゃ……」

兵士たちの不安げな様子をよそに、ユリルは魔法を組み上げた。
そしてユリルは、わざわざ魔法名を宣言しながら、魔法を発動する。

「よくご存知ですね。……スター・フォール」

その言葉とともに、地上が一気に暗くなる。
生成された巨大な隕石《いんせき》が、空をふさいだのだ。

「ひぃぃ！　に、逃げるぞ！　やってられるか！」
「て、転移魔法を……」

状況を理解した兵士たちが、転移魔法で逃げ出そうとする。
だが……転移魔法は発動しなかった。
こんなこともあろうかと、転移阻害の結界を展開しておいたのだ。

「いい攻撃魔法だな。だが……まだまだだ」

俺はユリルにそう告げながら、いくつかの結界魔法を発動する。

スター・フォールを完全に防ぐつもりであれば、虚空《こくう》結界を1枚張ればそれでいい。

それをしないのは、『完全に』防ぐつもりはないからだ。

「ひいいいぃぃぃぃ！」

「て、転移魔法！　なぜ発動しない！」

騎士たちがパニックになる中、俺が展開した結界魔法にスター・フォールが激突する。

俺の結界は隕石本体をしっかりと受け止めたが、隕石が巻き起こした衝撃波までは防ぎきれずに砕け散った。

「ぷぎっ！」

１００枚以上も展開された結界は一瞬で全て砕け散り、騎士団長マイノースは間抜けな声を上げて吹き飛ばされた。

死なないくらいの威力には調整してあるが、恐らくとても痛いだろう。

ちょうど余波が騎士団長のあたりに集中するような形で結界を張っていたため、他の騎士たちは巻き込まれなかったが……それでも彼らが自分たちを守る結界を失ったことに変わりはない。

このまま俺たちが戦い続ければ、彼らはなすすべもなく余波に巻き込まれ、命を失うことになる。

だが……これは大事な模擬戦だ。

周囲の被害がどうとか言って手を抜くわけにはいかない。

やるからには、真面目にやらなければな。

騎士団長も、本気でやれって言ってたし。

「なかなかいい攻撃魔法だったな。では俺も真面目にいくとしよう。手始めに……」

そう言って俺は、魔力を練り始める。

先ほどユリルが使ったスター・フォールに比べても、数十倍の量の魔力だ。

極度に圧縮された魔力は空間を歪《ゆが》め、青白く光り始める。

これをただ撒き散らすだけでも、ちょっとした大災害になるだろう。

さて……この魔力、どう使おうか。

などと思案していると、騎士団長の声が聞こえた。

「やめろ！　やめてくれ！」

「やめろと言われても……今は試験の途中だろう？　勝たないとパーティー結成を認めないのなら、戦わないわけにはいかないんだが……」

「み、認める！　認めるからやめてくれ！」

ふむ。

合格ということか。

「分かった。……でもせっかくだし、最後にこの魔法だけ使っていいか？　自信のある攻撃魔法なんだ」

「やめろ……結界が割れたのが見えんのか？」

「でもほら、もう組んじゃったし」

「やめろと言っているうううぅぅ！」

俺が魔法を発動するふりをすると、騎士団長が涙目で叫び声を上げた。

これで俺たちのパーティーに対して、騎士団が文句をつけることもなくなるだろう。

うまく騎士団との関係が構築できて一安心だ。

人間関係は最初が肝心だと聞くし。

第十一章

chapter11

その日の夜。

国王レイア＝マイルズは、王国騎士団長マイノースを呼び出していた。

騎士団長マイノースがガイアスに対して行った所業に関して、信じがたい……というか、信じたくない情報を聞いたためだ。

「ガイアスとの話はどうなっている？」

「申し訳ございません。力及《ちからおよ》ばず……このままでは、ロイターとユリルが奴《やつ》のパーティーに加わることになりそうです」

「……どういうことだ？」

騎士団長の言葉を聞いて、国王は混乱した。

ロイターとユリルがガイアスたちとパーティーを組むことは、すでに聞いている。

国王として、このパーティーの結成は極《きわ》めて喜ばしいことだ。

何しろ、たった一人で世界のパワーバランスを変えてしまうような存在であるガイアスが、自国で魔法戦闘師パーティーを結成してくれるというのだから。これを喜ばない国王は、この世界にはいないだろう。

しかし……『力及ばず』とはまるで、マイノースがパーティーの結成を止めようとしたみたいな言い方ではないか。


「どういうこと……と、おっしゃいますと？」

「力及ばずと言っていたな。それはどういうことだ？」

「言葉通りの意味です。いくら昔から王国と付き合いのある人間だとは言っても、主力の二人を引き抜かれるようでは国の面子《メンツ》が丸つぶれですから、なんとかして止めようとしたのですが……あのガイアスという男は思ったよりも強かったようで、少々手こずっております」

「……は？」


国王は驚きのあまり、間抜けな声を出した。

この男が言っていることが理解できない。

なぜこの騎士団長という男は、ガイアスの邪魔《じゃま》をしようとしているのか。

そんなことをしろと言った覚えは、まったくないのだが。

だが騎士団長は、『は？』という言葉を別の意味で取ったようだ。

つまり……『なぜ阻止できなかったのか？』という意味に。


「ご、ご心配には及びません！　まだ私に考えがあります！　必ずや、必ずやパーティー結成を阻止してご覧にいれますので、少しばかりお待ちを……」

「……誰《だれ》がそんなことをしろと言った？　というか、お前はあの『ガイアス』が、どの『ガイアス』だか分かって言っているのか？」

「どのガイアスとおっしゃいますと……？」


ここマイルズ王国において、ガイアスという名前はまったく珍しいものではない。

昔は珍しい名前であったのだが、ガイアスという魔法戦闘師が有名になるにつれて、同じ名前をつける親が増えたためだ。

実際、マイノースが知る人物の中には、ガイアスの名を持つ者が50人ほどはいる。

「私は伝えたはずだ。お前が相手をすることになる『ガイアス』は『訳あって正体は明かせないが、100年以上前から我が国と親交のある人物』で、『重要人物』だと」

「はい。しかと覚えております」

「であれば、相手がどのような人物かも理解したはずだな?」

「もちろんでございます」

「それで何であの対応になる⁉」


国王はガイアスとの約束を守るために、ガイアスの正体を明かしてはいない。

だが直接言及《げんきゅう》こそしないものの……その正体を察せるような情報を与えたはずだ。

事情があって平民扱いになっているから、ガイアスの正体を周囲に悟《さと》られないように精一杯のサポートを行えと、そう伝えたはずだ。


「お前はなんということを……いくら平民ということになっていても、本来であれば国賓《こくひん》として扱うべき人間に……」

「……国賓? お戯《たわむ》れを。私は他国の王族や国家首脳から高位の魔法使いに至るまで、重要人物全員の顔を把握しておりますが……あのような者はいなかったはずです」

騎士団長は人格面に若干……いや、結構な難があるが、極端な無能ではない。

少なくとも、騎士団の苛烈《かれつ》な権力闘争を勝ち抜くだけの力はある。

国王は今まで、そう思っていた。


騎士団長は有力人物に媚《こ》びを売るために、並々ならぬ努力を注《そそ》ぐ人物だ。

たとえ理不尽《りふじん》な命令であろうとも、偉い者から言われたことは万難《ばんなん》を排《はい》して、どんな手を使ってでも実現させる。

それが彼のやりかただ。

彼が各国の重要人物全員を覚えているのも、媚びる相手を間違えないためだろう。


そういう人物だからこそ、ガイアスへの対応を任せたという面もある。

相手があのガイアスともなれば、騎士団長はどんな無茶振りでもやり通すだろうと。


だが、結果は惨憺《さんたん》たるものだった。

騎士団長がやったことに関しては、すでに王国騎士から報告を受けている。

その所業があまりに信じがたいものだったので、何か弁明があるのではないかと思って呼び出したのだが……どうやら残念なことに、騎士たちの報告に間違いはなかったようだ。

「お前が『試した』のは、他国の王族などよりよほど重要な人物だよ。……考えてもみろ、我が国でも上位の魔法戦闘師が束になってもかなわなかった竜を倒した『ガイアス』だぞ？　これを聞いてお前は、何も思わないのか？」

「……竜を倒したのは、ユリル・アーベントロートでは……？」

騎士団長の言葉を聞いて、国王はため息をついた。

まさか報告書すらちゃんと読んでいないとは……。

恐らく利権争いか何かで忙しかったのだろうが、ここまで適当に仕事をやっているとは思わなかった。

報告書さえちゃんと読んでいれば、このような間違いは絶対になかったはずだというのに。

「分かった。左遷《させん》か自害か、好きな方を選べ」

「さ、左遷⁉」

「自害でもいいぞ。というか本当なら、すぐにでも君の首を彼に差し出したいところだ。今すぐ彼に謝罪文を……いや、私が書こう。お前に任せたら何をしでかすか分からん」

「こ、国王陛下。いくらなんでも、それは横暴では……」

騎士団長の言葉を聞いて、国王は額に青筋を浮かべた。

もはやこいつと話すのは無駄だ。


「連れて行け！」


国王は騎士団長に返事をする代わりに、近衛兵《このえへい》にそう命令した。

もはやこいつに構っている暇《ひま》はない。

一刻も早く、ガイアスのもとへ謝罪に向かわなくては。

◇

騎士団長に試された翌日。

俺《おれ》たちは国王から直々《じきじき》に、騎士団長マイノースの蛮行《ばんこう》についての謝罪を受けていた。

「申し訳ございません。これからは私が対応いたしますので……」

「バレないようにできるのか?」

「はい。執務室を封鎖し、誰も入れない状態でお会いすれば大丈夫かと思います。転移魔法で直接飛んでいただければ、中に誰かいたことは分かりません」

なるほど。

国王が執務室を封鎖するというのは、外から見れば少々怪しいかもしれないが……中に俺たちがいるということさえバレなければなんとかなるか。

「最初からそうすればよかったんじゃないか?」

「執務室を封鎖できるタイミングは限られるので、いつでも対応できる騎士団のほうが素早く動ける……はずだったんですが」

「……人選を失敗したわけか」

「返す言葉もありません。せめてマイノースは無理矢理にでもクビにしておくべきでした……」

ふむ。

そういえば先代……俺が知っている時代の国王も、国内の人事には苦労していたな。

いくら国王といえども、他の貴族などの反発を全《すべ》て抑えつけるほどの力を持っているわけではないので、人事には色々と配慮が必要だったようだ。

あのような無能が騎士団長にいたのも、恐らくそういう理由だったのだろう。

「ちなみに、あいつはどうなったんだ?」

「田舎《いなか》の小領地に左遷しました。お望みでしたら『病死』させますが……」

左遷か。

あのくらいのことで処刑というのもやりすぎな気がする……というか、客観的に見ると左遷でもだいぶ厳しい処分のような気がする。

別に殺人とか汚職をしたわけじゃなくて、ただ俺を試しただけだからな……。何も被害は出ていないし。

「いや、別に殺す必要はない。殺す価値もないしな」

「……そう言っていただけると助かります。あれでも力を持った貴族なので、殺すと後に響く可能性がありまして……」

なるほど。

あの地位にいたのは、家柄の関係もあったというわけか。

国に対して一つ貸しができたという意味で、あいつが騎士団長でラッキーだったかもしれないが。

「ところで……国王に頼みたかったことがあるんだが、今頼んでいいか？」

この断りにくいタイミングで、欲しかったものを頼んでみよう。

普段なら通らない頼みでも、今なら通るかもしれない。

「何をお望みですか？」

「【理外の術】に関係するものがこの国にあれば、それが欲しいんだ」

「も、申し訳ありません。それは難しいです」

ふむ……やはり難しいか。

【理外の術】に関係する品は、俺が100年前に探し回ってもほとんど見つからなかったのだ。

あったとしてもわずかに【理外の術】の痕跡《こんせき》が残る程度で、利用可能なものは皆無《かいむ》だった。

今の世界にそれが存在することは分かっているが、それをこの国が持っている可能性はそう高くない。

あったとしても、簡単に渡せるようなものではないだろう。

そう考えると、今のは少し気になる答えだな。

国王は『この国にはない』ではなく『難しい』と答えた。

まるで国に、【理外の術】に関係する品があるみたいな言い方だ。

……少しつついてみるか。

「もしあるなら、見せてもらうことはできないか？　どんなものか確認したいんだ」

「あるのかも分かりません。……我々の技術では、どれが【理外の術】なのか見分けがつかないので……」

なるほど、そういう話だったか。

確かに【理外の術】は、見分けるのにコツが必要だからな。

俺の場合、消去法で【理外の術】を見分けている。

普通の魔道具などは、たとえ何であろうと魔法理論で説明がつく。

逆に言えば、魔法理論で説明のつかない魔力の歪《ゆが》みがあれば、そこには【理外の術】が関《かか》わっている……というわけだ。


「既存の魔法理論で説明がつかないものがあれば、それが【理外の術】だ」

「それだとガイアス様が作られた魔道具などは【理外の術】ということになってしまいますが……」

「いや、魔道具は魔法理論で説明できるだろ」

「……残念ながら我が国の魔法研究は、その領域には達しておりません。高度に発達しすぎた魔法理論は【理外の術】と見分けられないのです」


ふむ……。

そういえば俺が知っている時代も、この国の魔法理論はあまり発達していなかったな。

どうやら今も、その状況は変わっていないようだ。


「分かった。じゃあ分からないものを持ってこられるだけ用意してほしい」

「承知いたしました。できる限り急いで用意させましょう」

どうやらうまくいったようだ。

国中からそれっぽい魔道具をかき集めろとは、我ながら無茶を言ったものだが……ドサクサに紛《まぎ》れて無茶を通すことができた。

あの無能（名前は忘れた）に、感謝しなければならないな。

◇

それから1週間後。

俺たちは王宮の一室へと来ていた。

国王の命令で、この部屋に【理外の術】候補が集められたのだ。

ちなみに国王本人は、今この部屋にはいない。

部屋は封鎖されていて、転移阻害結界をすり抜けられる俺たち以外は入れないというわけだ。

「こっちのエリアにあるものは、持っていっちゃダメなんだよな」

「手続きをすれば渡せるかもしれないって話ですけど、勝手に持って行っちゃダメらしいですね」

「逆に言えば、あっちにあるのは勝手に持って行っていいんだよな……」

【理外の術】候補の品々は二つのエリアに分かれて置かれていた。

国宝などが置かれているエリアと、それ以外のエリアだ。

後者のエリアに置かれているものは国王の権限で勝手に渡すことができるらしく、欲しいものがあれば持って行っていいと言われている。

大盤《おおばん》振る舞いだ。

問題は、いいものがあるかどうかだが……。

「こっちのエリアは、つまらないものばっかりだな……」

俺がそう言って指したのは、国宝などが置かれているエリアだ。

確かに高価な材料が使われていたり、比較的複雑な魔道具だったりするものが多いが……ただそれだけだ。

数も少ないため、あっという間に全て調べ終わったが……【理外の術】が使われていそうな品は、一つも存在しなかった。


というか……これ、半分くらい俺が作った物だな。

それ以外の品からも、俺が昔作った魔道具の部品のような魔力を感じる。

恐らく俺が作った魔道具から部品だけを取って、そのまま組み込んだのだろう。

当然、【理外の術】とは全く関係がない。


問題は、勝手に持ち帰っていいほうのエリアだが……これはほとんどガラクタだな。

魔法理論で説明がつかない品というよりは、間違った魔法理論で作られた品がほとんどだ。

単に魔法陣の構成が間違っているのに気付かずに『魔法理論で説明がつかないもの』だと思い込まれてしまった品がほとんどだろう。


こちらは国宝と違って、かなり数が多い。

時間はかかるが……見落としは避けたいので、慎重に見ていこう。

そして、1時間後。

真面目《まじめ》に見ていった成果が出た。


「……む？」


そう言って俺が拾い上げたのは、古ぼけた小さな魔道具だ。

一見、何の変哲《へんてつ》もない魔道具に見えるが……よく見ると、周囲の魔力が不自然に歪んでいる。

魔力の歪みを作り出す魔法などいくらでもあるが、この魔道具にそういった魔法の痕跡はない。

明らかに魔法理論に従わない存在――【理外の術】だ。

というか……。


「これ、ユリルが使ったのと同じ魔道具じゃないか？」


そう言って俺は、ユリルが組織で手に入れた【理外の術】について書いた本を開く。

本のページに書かれている魔道具と、いま俺の手元にある魔道具は、とてもよく似ている。

「これ……同じ魔道具です。組織のものだと思います」

「なるほど。じゃあ、これを使えばいいわけだな」


そう言って俺は、魔道具を手の甲に当てる。

魔道具の使い方は本に書いていなかったが……魔道具の術式構成を見れば、なんとなく予想はつく。

【理外の術】は、魔法理論では説明がつかないものだが、それを補助するために組まれた魔法陣は、普通に読めるからな。

「確かに私が使ったのはそれです。……でも、使うのはやめたほうがいいと思います。100人使って、1人生き残るかどうかみたいな魔道具ですから」


ふむ。

100人に1人も生き残るのか。

強さを求めた魔法戦闘師より、よっぽど生存率が高いじゃないか。

「分かった。じゃあ……死ぬかどうか試してみよう」

俺はそう呟《つぶや》いて、魔道具を起動した。

すると魔道具が黒い光と煙を放ち、俺の体の中へと煙が吸い込まれ始める。

「ふむ……魂が削れる感じがするな。死ぬ奴が出るのも無理はない」

わずかずつではあるが、魂が削れていく感じがする。

魂が削れると、体力や魔力といった力が、段々と抜けていく。

それは時間とともに回復していくが……問題は、力が足りなくなったときだ。

魂の損傷には限界がある。

限界を超えて魂が傷つくと、魂は消滅し持ち主は死に、転生すら不可能となるのだ。

普通の状況では、魂が傷つくことなどまずないと言っていい。

剣で斬《き》られたり魔法で爆破《ばくは》されようとも、たとえ首を落とされたりバラバラになったりしても、魂は傷つかない。

人が死んだ場合ですらも、魂は残り続けるのだ。

例外が、特殊な魔法によって魂を傷つけた場合だ。

魂の術式は少し失敗するだけで、簡単に魂を破壊し死に至らしめる。

今だって、俺の魂はほんの少しずつしか削れていないが……この少しの損傷ですら、傷つく場所が悪ければ魂の崩壊に至る可能性は十分にある。

それどころかユリルの言っていた通り、何のコントロールもしなければ生き残れる確率は1パーセントにも満たないだろう。

まあ、その確率は変えられるのだが。

「……こんな感じか」

俺は体内の魔力の流れを操《あやつ》ることで黒い煙に干渉し、魂の傷つく場所が一カ所に集中しないようにする。

こうすることによって魂に深い傷が入るのを防ぎ、崩壊を防止する。

「まさかガイアスさん……魂の損傷をコントロールしているのですか？」

その様子を見て、ユリルは俺が何をしているのかに気付いたようだ。

魂が崩壊しないように魔力を操る俺に、ユリルは驚愕《きょうがく》しながらそう尋ねる。

「ああ。この魔道具を使うのは初めてだが、似たようなものを使った経験はあるからな」

「似たようなものって……【理外の術】ですか？」

「さすがに【理外の術】は関係がないが、魂を削る魔道具を作ったことがあるんだ。それの実験で色々な」

別に【理外の術】でなくとも、魂を削ることはできる。

というか魂を削るのは全く難しくない。壊れないように削るのが難しいだけで、ただ適当に削るだけなら初心者を脱出した程度の魔法使いでさえできる。

まあ、何の目的もなく魂を削っても（初心者ならほぼ100パーセントの確率で）死ぬだけだし、死ななくてもただ弱くなるだけで何のメリットもないのだが。

「実験で……自分の魂を？」

「ああ。若い頃、魂を研究したら紋章《もんしょう》を変える方法でも見つかるんじゃないかと思ったことがあってな。……まあ無理だったが」

「……なんて命知らずな……！」

そんな話をしながらも、俺は違和感に気付いていた。

普通なら、魂が削れると体からは力が抜けていくことになる。その経験は何度もある。

だが今……俺の魂は削れているにもかかわらず、逆に体には力が満ちるような感覚があるのだ。


俺の魂の損傷は、今のところ許容量の5分の1くらいだ。

だがそれは魂の崩壊を招かないように最適な削り方をすればの話で、適当に削った場合だと、98パーセントほどの確率で死んでいるだろう。

ユリルによるとこの魔道具による魂の損傷は魂の扱いに慣れていない者が99パーセント死ぬ程度だという話だったので、そろそろ終わる頃のはずだな。

などと考え始めたところで、魔道具からの煙は途切れた。

そしてすぐに、魂の損傷も止まった。

「ふむ……成功みたいだな。もう少しやってくれてもよかったんだが」


そう言って俺は手を握ったり開いたりして、体の様子を確かめる。

別に腕力には、大した差はついていないみたいだな。

変わったのは魔力や、魂の『本質』のほうか。


「す、すごい……生存率1パーセントの儀式を簡単に……！」

「まあ、魂を削る術式に慣れていれば生き残れる儀式だな。……とは言っても、さっき俺の魂を削ったのは魔法術式じゃなさそうだが」


先ほど俺の体に吸い込まれた煙は、明らかに既存の魔法理論では説明がつかないものだった。

つまり【理外の術】だ。

それを煙という形で取り込むのが、この儀式なのだろう。

先ほど魂が削れたような感覚があったのも、正確に言うと『削れた』というよりは『改変された』と言ったほうが正しいだろうな。

人間をやめて、宇宙の魔物に一歩近付いたような感覚だ。

「えっと、どうですか？」

「……何がだ？」

「力とかの感じです。儀式で手に入れる力は人によって全然違うみたいなんですけど……」

ふむ。

どんな力かと言われると、なかなか難しいな。

強いて言えば……。

「何にでも使える力、だな」

「……何にでも……？」

「ああ。例えばこんな感じだ」

そう言って俺は、手の中で魔力を圧縮し始める。

最初は手のひら大だった魔力球は段々と小さくなり……やがて目に見えないほど小さくなった。

そして少しの時間が経《た》つと、魔力球のあった場所が青白く光り始めた。

普通なら魔力は圧縮されるほど反発力を増し、圧縮するのが難しくなっていく。

それでも圧倒的な力によって圧縮を続けると……魔力を構成する魔素同士が融合し始めることによって、巨大なエネルギーが発生するのだ。

魔力光は、その『魔素融合』と呼ばれる現象の先触れだ。

このままあと少しだけ俺が力を込めれば、魔素が融合を始めてすさまじい規模の爆発《ばくはつ》を起こすだろう。


「これは……融合光⁉　こんな簡単な現象だったんですか⁉」

「いや、無理だな。【理外の術】なしじゃ無理だ」


魔素融合は、極めて大規模な術式を使って初めて起こせる現象だ。

俺だって魔道具なしで起こすのは難しいし、『魔素融合』を使ってエネルギーを取り出す装置である『魔素融合炉』に至っては、この王宮より大規模な建物が必要となる。

当然、手の中で魔力を圧縮した程度で起こせるはずもない。

「でもガイアスさんなら、元々できても不思議ではない気がしますけど……？」

「俺にだってできることとできないことはある。儀式の前の俺じゃ、この10分の1も圧縮できなかったはずだ」


今の魔力圧縮は、見た目こそ地味《じみ》だ。

だがその実、俺が今までに使った中でも一番強力な魔法につながる魔力圧縮でもある。

リメインを倒すのに使った【メテオ・フォール】の1000倍程度の威力でよければ、すぐにでも出せるだろう。


魔素融合を攻撃魔法に応用するという構想は今までにもあったが……それを実用化するには、非現実的なまでの高圧魔力制御が必要だった。

俺が手に入れた【理外の術】は、それを速攻で可能にしてしまうほどの代物だというわけだ。

「……ちなみにユリルは得られる力に色んなパターンがあるって言ってたが、実際は1種類しかなさそうだぞ」

「え？　でも人によって、明らかに強化のされ方が違ったんですけど……」

「それは同じ力でも、使い方が人によって違ったってだけだろうな。この【理外の術】は何にでも使える力だからこそ、人によって使い方が違うってわけだ」

正直なところ悪竜リメインは弱かったので、最初に手に入る【理外の術】に対してはそこまで期待していなかったのだが……これは思わぬ収穫だ。

あれはやはり使い方が悪かっただけらしい。

「なあ。【理外の術】って、宇宙の魔物の力なんだよな？　……それを使えば、宇宙の魔物にも勝てるってことか？」

俺とユリルが話していると、ロイターはそう尋ねた。

面白《おもしろ》い質問だな。

そして俺にとって重要な質問でもある。

「勝てるぞ」

「おお、マジか！」

「まあ……頑張れば宇宙の魔物の中でも最弱クラスの、ちゃんとした【熾星霊《しせいれい》】に比べたらゴミにも等しい奴ならを倒せるかもしれない……程度だけどな」

「……チッ、そううまくはいかねえか」

ふむ。

ゴミに等しいレベルの熾星霊に勝てるだけでも、大きな進歩なんだけどな。

今までの俺たちでは、それすら無理だっただろうし。

「いや、これでいいんだ。……ロイターは、宇宙の魔物がなんで強いか知ってるか？」

「何でって……何でだ？　分からねえ」

「簡単だよ。殺し合って【理外の術】を奪い合い、大量に集めたからだ」

【理外の術】が普通の力と違うのは、奪って自分のものにできることだ。

であれば、強い者のところにはより多くの【理外の術】が集まり、さらに強くなっていくのは必然。

それが行き着いた先が、戦いの余波に巻き込まれただけでいくつもの星が消滅するような【熾星霊】だというわけだ。

「ここまで言えば、何をやるべきかはわかるだろ？」

「宇宙の魔物どもに混じって、力の奪い合いか……！」

「正解だ」

人外の力を持った【熾星霊】たちの力の奪い合い。

この力は、その参加権だと言っていい。

「……さあ、これから面白くなるぞ」

そう呟いて俺は、わずかに黒く変色した紋章を見つめた。

第一紋でも、まだまだ強くなれる。

あとがき

はじめましての人ははじめまして。そうでない人はこんにちは。進行諸島《しんこうしょとう》です。

まずは新シリーズということで、内容の紹介から入りたいと思います。

主人公最強。

『殲滅魔導《せんめつまどう》の最強賢者』シリーズの内容を言い表すのに、これほどふさわしい言葉はないでしょう。

しかし、一般的な『主人公最強』ものと、この作品は少し違います。

どこが違うかというと……主人公がもっと強いです。

主人公最強ものといえば、定番の展開は……。

・冒険者ギルドなどの戦闘組織で、段々と地位を高めていく。

・世界に存在する他の強者たちと戦い、認め合ったり切磋琢磨《せっさたくま》したりする。
・終盤になると国にまで強さが認められ、世界レベルの重要人物として扱われるようになっていく。
・そして主人公は伝説として扱われ、教科書に載るまでに……。
あたりですよね。


これらの定番展開、『殲滅魔導の最強賢者』では、始まる前に終わっています。

主人公ガイアスに匹敵《ひってき》する力を持った生物など世界中探しても見つかりませんし、歴史の教科書ではページごとに名前が登場しますし、大国の国王ですらガイアスには礼を尽《つ》くします（一部の愚《おろ》か者を除いて）。

下手《へた》をすれば書くことがないくらいに強い主人公です。

彼が記憶を持ったまま転生したりしたら、『転生主人公最強』ものとして人気が出るかもしれません。

そんな感じの主人公です。

「え、書くことないんじゃない？　大丈夫？」そう思われる方もいらっしゃるかもしれません。

ご安心ください。書くこと、あります！

この主人公……実はまだ自分の強さには満足していません。

人間の限界すらとっくに超えていそうな主人公が、更に強くなるために考え、行動していく……というお話が本シリーズの軸《じく》となっております。

当然この惑星《わくせい》にはもっと強い相手などいないのですが、彼が目指しているのはその星での『世界最強』などではなく、『宇宙最強』なのです。

とはいえ、『殲滅魔導の最強賢者』のストーリーは基本的に惑星内で進んでいきますので、ご安心（？）いただければと思います。

宇宙ものとかSFものではありません。表紙を見ていただければ分かる通り、基本はファンタジーものです。

主人公のガイアスが、どうやって今以上の強さを得ていくのかは……ぜひ本編を読んで、お確かめください！

以上、シリーズの内容紹介でした！

次に謝辞《しゃじ》を。

内容面や改稿などについて、的確なアドバイスをくださった担当編集の皆様。
素晴《すば》らしい挿絵を描いてくださった風花風花《かざばなふうか》様。
それ以外の立場から、この本に関わってくださっている方々。

そしてこの本を手にとってくださっている、読者の皆様。
この本を出すことができるのは、皆様のおかげです。ありがとうございます。

2巻も鋭意《えいい》執筆中ですので、楽しみにお待ちいただければと思います。
それでは、また2巻で皆様にお会いできることを願いつつ、後書きとさせていただきます。

進行諸島

ファンレター、作品の
ご感想をお待ちしています

〈あて先〉

〒106－0032
東京都港区六本木2－4－5
SBクリエイティブ（株）
GA文庫編集部 気付

「進行諸島先生」係
「風花風花先生」係

本書に関するご意見・ご感想は
右の QR コードよりお寄せください。

※アクセスの際や登録時に発生する通信費等はご負担ください。

https://ga.sbcr.jp/

殲滅魔導《せんめつまどう》の最強賢者

無才の賢者、魔導を極め最強へ至る

発　行　　2020年9月30日　初版第一刷発行

著　者　　進行諸島

発行人　　小川　淳

発行所　　SBクリエイティブ株式会社

〒106－0032

東京都港区六本木2－4－5

電話　03－5549－1201

03－5549－1167（編集）

装　丁　　AFTERGLOW

印刷・製本　中央精版印刷株式会社

ISBN978-4-8156-0744-9

Printed in Japan　　GA文庫

魔族はびこる異世界で、
最強賢者が無双する!!
シリーズ累計300万部突破!!
マンガUP!でコミカライズ
(スクウェア・エニックス)
大好評連載中!!

進行諸島先生×風花風花先生の
大ヒットファンタジーを
コミカライズ!

マンガUP！にて大好評連載中！
失格紋の最強賢者
～世界最強の賢者が更に強くなるために転生しました～
漫画：肝匠&馮昊（Friendly Land）